BODA REAL

CAT SCHIELD

Editado por Harlequin Ibérica.
Una división de HarperCollins Ibérica, S.A.
Núñez de Balboa, 56
28001 Madrid

© 2015 Catherine Schield
© 2018 Harlequin Ibérica, una división de HarperCollins Ibérica, S.A.
Boda real, n.º 149 - 18.1.18
Título original: Royal Heirs Required
Publicada originalmente por Harlequin Enterprises, Ltd.

I.S.B.N.: 978-84-9170-821-6
Depósito legal: M-30557-2017
Impresión en CPI (Barcelona)
Fecha impresion para Argentina: 17.7.18
Distribuidor exclusivo para España: LOGISTA
Distribuidores para México: CODIPLYRSA y Despacho Flores
Distribuidores para Argentina: Interior, DGP, S.A. Alvarado 2118.
Cap. Fed./Buenos Aires y Gran Buenos Aires, VACCARO HNOS.

Capítulo Uno

–Es perfecta para ti –dijo el hermano de Gabriel Alessandro dándole un codazo.

Los dos hermanos estaban en un extremo de la pista de baile observando cómo su padre, el rey, se movía con elegancia con la futura esposa de Gabriel mientras su madre hacía todo lo posible para evitar que los torpes movimientos del primer ministro le pisaran los pies.

Gabriel soltó un suspiro. El padre de su prometida estaba construyendo una planta de alta tecnología muy cerca de la capital, lo que daría a la economía de Sherdana el impulso que tanto necesitaba.

–Por supuesto que lo es.

Lady Olivia Darcy, hija de un rico conde británico, era demasiado perfecta. Mientras que en público transmitía desenvoltura y afecto, en privado nunca se relajaba, nunca bajaba la guardia. Pero no le importaba. Desde el momento en que había empezado a buscar esposa, había decidido dejarse llevar por la cabeza y no por el corazón. Sabía por experiencia que la pasión solo conducía al dolor y a la decepción.

–Entonces, ¿por qué se te ve tan apagado?

Sí, ¿por qué? A pesar de que Gabriel no tenía que fingir estar enamorado de su novia ante su hermano, le costaba hacerse a la idea de que, una vez casado, no habría pasión ni romance en su vida.

Hasta que había empezado a planear la boda se había sentido relativamente afortunado por haber encontrado a una mujer que no lo volvía loco con sus exigencias. Todo lo contrario a Marissa, con quien había tenido un romance de cuatro años tempestuoso y sin futuro. Gabriel no era un cantante mundialmente famoso, ni un apuesto actor de Hollywood, ni siquiera un playboy millonario. Era el heredero de un pequeño país europeo con leyes muy estrictas que obligaban a que su esposa fuera una aristócrata nacida en Sherdana. Marissa no cumplía ninguna de las dos condiciones.

–¿Estarías contento si fueras a casarte con una completa desconocida?

Gabriel mantuvo la voz baja, pero no pudo ocultar su amargura.

Christian sonrió con malicia.

–Lo mejor de ser el pequeño es que no tengo que preocuparme por casarme.

Gabriel maldijo entre dientes. Era consciente de que ninguno de sus hermanos lo envidiaba. En muchos aspectos, era un alivio. En siglos pasados, se habían vivido en Sherdana conspiraciones contra el trono. Habría sido terrible que cualquiera de sus hermanos hubiera confabulado contra él para arrebatarle el trono. Era poco probable que eso ocurriera. Nic vivía en los Estados Unidos, construyendo naves espaciales que algún día llevarían pasajeros al espacio, mientras que Christian estaba muy a gusto comprando y vendiendo compañías.

– …impresionante.

–¿Impresionante? –dijo Gabriel repitiendo la única palabra que había oído de lo que había dicho su hermano–. ¿Qué es impresionante?

–Qué, no –dijo Christian mirándolo de reojo–.

Quién. Tu futura esposa. Te estaba diciendo que deberías conocerla mejor. Quizá sea más agradable de lo que piensas. Es muy sexy.

Lady Olivia Darcy podía ser muchas cosas, pero Gabriel nunca la habría calificado de sexy. Era un conjunto de sofisticado estilo que hacía que los diseñadores de moda compitieran para vestirla. Sus rasgos eran delicados y femeninos, su piel pálida e inmaculada. Era delgada, pero no aniñada, con largas piernas, brazos armoniosos y un cuello elegante. Sus ojos azules tenían una expresión serena.

No era una mujer frívola de la alta sociedad, dedicando sus días a ir de compras por el día y de fiestas por la noche. Trabajaba sin descanso en una docena de organizaciones benéficas, todas ellas dedicadas a causas infantiles. Era la reina perfecta para Sherdana.

Gabriel miró a su hermano entornando los ojos.

–Acabas de calificar a tu futura cuñada y reina de sexy. ¿Crees que a madre le parecería bien?

–Soy su hijo pequeño. Aprueba todo lo que hago.

Siendo el más pequeño de los trillizos, Christian llevaba toda la vida aprovechándose de su puesto en el orden de nacimiento.

–Tus payasadas no las aprueba, simplemente se siente mal por las veces que tuvo que dejarte con una canguro porque no podía con los tres.

Ignorando el comentario de su hermano, Christian señaló con la cabeza hacia la reina.

–Es maravillosa. Tiene que serlo para haber mantenido el interés de padre tantos años.

Gabriel no tenía ningún interés en hablar de la vida amorosa de sus padres.

–¿Por qué estás empeñado en meter cizaña esta noche?

Christian se puso serio.

–Ahora que vas a sentar la cabeza, madre volverá su atención en Nic y en mí.

–Nic está más interesado en los combustibles que en las mujeres –dijo Gabriel–. Y tú has dejado bien claro que no tienes intención de abandonar la soltería.

En los cinco años que habían transcurrido desde el accidente de coche, Christian se había vuelto más reservado y pesimista en lo que a su vida personal se refería. Aunque las cicatrices del cuello, hombro, pecho y brazo de su lado derecho estaban ocultas bajo una túnica azul, las peores heridas de Christian estaban bajo su piel, en lo más profundo de su alma, allí donde era imposible que sanaran. El daño se hacía visible en aquellas escasas ocasiones en que bebía demasiado o pensaba que nadie lo estaba observando.

–No creo que nuestros padres alberguen esperanzas de que vayáis a sentar la cabeza en un futuro cercano –continuó Gabriel.

–No olvides que madre es una romántica –dijo Christian.

–También es pragmática.

Christian no parecía muy convencido.

–Si eso fuera cierto, aceptaría que engendraras todos los herederos que Sherdana necesitara, y nos dejaría a Nic y a mí en paz. Y esa no es la impresión que me dio hace un rato.

Una sensación desagradable se le formó en el pecho a Gabriel al pensar en su futura esposa. Una vez más, su mirada viajó hasta Olivia, que en aquel momento bailaba con el primer ministro. Aunque su sonrisa era encantadora, la reserva de sus ojos azules la hacía parecer intocable.

El tiempo que había pasado con Marissa había sido sensual, salvaje y ardiente. Solían despertarse al amanecer en el apartamento que ella tenía en París y hacían el amor en la tranquilidad de las primeras horas del día. Después, se sentaban junto a la ventana y desayunaban café y pasteles mientras el sol bañaba con su luz dorada los tejados.

–Alteza.

Gabriel se volvió hacia su secretario particular, que había aparecido de repente. Por lo general, Stewart Barnes estaba en el ojo del huracán. Al instante, comenzó a sudarle la frente.

A Gabriel se le erizó el vello de la nuca.

–¿Algún problema?

La cercanía de Stewart había llamado también la atención de Christian.

–Puedo ocuparme si hace falta –dijo, apartándose del lado de su hermano.

–No, señor –dijo el secretario, moviéndose para bloquear la visión de Christian.

Luego, le hizo una seña con la cabeza y lo miró con una expresión severa para transmitirle la urgencia del problema.

–Sé que no es un buen momento, pero ha llegado un abogado con un mensaje urgente.

–¿Un abogado?

–¿Cómo ha conseguido entrar en el palacio? –preguntó Christian.

Gabriel no reparó en las palabras de Christian.

–¿Qué puede ser tan importante?

–¿Te ha explicado el capitán Poulin la razón por la que le ha permitido la entrada a ese hombre a una hora tan inapropiada?

–¿No puede esperar hasta después de la fiesta?

Stewart miraba alternativamente a los hermanos mientras le hacían aquellas preguntas.

–No me ha contado de qué se trata, alteza, solo me ha dado el nombre de su cliente –dijo Stewart hablando en tono urgente–. Será mejor que habléis con él.

Incapaz de imaginar qué podía haber alterado tanto a su imperturbable secretario, Gabriel intercambió una mirada con Christian.

–¿Quién es su cliente?

–Marissa Somme.

Un torbellino de emociones invadió a Gabriel al oír el nombre de su antigua amante. Le sorprendía que Marissa hubiera esperado tanto tiempo para ponerse en contacto con él. Cinco meses atrás, cuando había anunciado su compromiso, había supuesto que montaría una escena. Decir que tenía una vena dramática era como considerar que el Himalaya era una simple montaña.

–¿Qué se le ha ocurrido esta vez? –preguntó Gabriel.

Christian maldijo entre dientes.

–Sin duda alguna, algo que interesará a la prensa.

–No puedo permitir que nada interfiera en la boda.

El futuro de Sherdana dependía del acuerdo que había alcanzado con *lord* Darcy, un acuerdo que no se sellaría hasta que Olivia se convirtiera en princesa.

Gabriel miró a su alrededor para comprobar si alguien se había dado cuenta de su conversación y se encontró con la mirada de Olivia. Su futura esposa era una mujer guapa, pero no la había elegido por su aspecto. Tenía una pureza de espíritu que iba a encandilar a los súbditos de Sherdana y la manera tranquila y eficiente que tenía de abordar los problemas se descubriría en los ajetreados días que tenían por delante.

Al lado de ella, su padre reía ante algún comentario que le había hecho, aparentando menos años. Las recientes dificultades económicas le habían pasado factura al rey. Muy activo y enérgico en otra época, en los últimos meses se fatigaba enseguida. Por eso Gabriel se había implicado más en el día a día del gobierno del país.

Aunque ella había vuelto su atención al rey, por la ligera elevación de sus delicadas cejas Gabriel sabía que su conversación con Christian y Stewart había despertado su curiosidad. Se puso en alerta. Era la primera vez que había algo más que cortesía entre ellos. Se había quedado expectante. Quizá pudieran compartir algo más que una cama.

—Por favor, alteza.

—¿Podrías ocuparte de mi prometida mientras descubro qué pasa? —le dijo Gabriel a Christian.

—¿Pretendes que la distraiga?

—Limítate a poner alguna excusa hasta que vuelva.

Luego se escabulló entre la multitud que asistía a la fiesta de conmemoración de la Independencia de Sherdana de Francia en 1664 sonriendo y saludando a los invitados como si nada pasara. En todo el tiempo, dos palabras no dejaban de repetirse en su cabeza: Marissa Somme. ¿De qué podía ir todo aquello?

Desde que se declarara principado, Sherdana había sobrevivido gracias a la agricultura. Pero Gabriel quería que su país hiciera algo más que sobrevivir, quería que prosperara. Ubicado entre Francia e Italia en una llanura de viñedos y campos fértiles, Sherdana necesitaba recurrir a la tecnología para que su economía avanzara al siglo veintiuno. El padre de Olivia, *lord* Edwin Darcy, tenía la llave para abrir aquella puerta, y nada podía interferir.

Gabriel entró en el salón verde y se dirigió hacia el hombre que había aparecido sin anunciar su visita. El abogado tenía el pelo canoso y lo llevaba muy corto, sin ninguna intención de ocultar la pequeña calva que reflejaba la luz de los apliques que tenía a su espalda. Apenas tenía arrugas alrededor de sus ojos grises, señal de que aquel hombre no sonreía a menudo. Vestía un traje azul marino y un abrigo negro, y la única nota de color de su atuendo era el amarillo de las rayas de su corbata.

–Buenas noches, alteza –dijo el hombre, haciendo una reverencia–. Disculpadme por la interrupción, pero me temo que este asunto es urgente.

–¿Qué jugarreta se le ha ocurrido ahora a Marissa?

–¿Jugarreta? Estáis malinterpretando la razón por la que estoy aquí.

–Entonces, explíquemelo. Mis invitados me esperan. Si tiene algún mensaje de Marissa, adelante.

El abogado se irguió y tiró de la solapa del abrigo.

–Es algo más complicado que un mensaje.

–Me estoy quedando sin paciencia.

–Marissa Somme está muerta.

¿Muerta? Tuvo que tomarse unos segundos para asimilar las palabras de aquel hombre. ¿La vivaracha, inteligente y atractiva Marissa, muerta? Se le hizo un nudo en el estómago.

–¿Cómo?

10

–De cáncer.

Aunque hacía mucho tiempo que no hablaba con ella, la noticia lo impresionó. Marissa había sido la primera mujer a la que había amado. La única. Su ruptura tres años antes había sido una de las experiencias más dolorosas de su vida, pero no era comparable con la idea de que se había ido para siempre. Las heridas que pensaba sanadas, volvieron a abrirse. Nunca volvería a verla, ni a escuchar su risa.

¿Por qué no lo había llamado? La habría ayudado.

–¿Ha venido hasta aquí para darme la noticia de su muerte?

¿Acaso todavía sentía algo por él, a pesar de su última conversación? Imposible. Nunca había intentado ponerse en contacto con él.

–Y para daros algo que quería que tuvierais.

–¿Cómo? –preguntó Gabriel.

¿Le iría a devolver el colgante de diamantes en forma de corazón que le había regalado en su primer aniversario? Por aquel entonces, era un tonto romántico, joven y rebelde, cegado por una apasionada relación sin futuro. Y un estúpido.

–¿Qué me ha traído?

–A sus hijas.

–¿Hijas?

¿En plural? Gabriel dudó si había oído bien a aquel hombre.

–Gemelas.

–Marissa y yo no tuvimos hijos.

–Me temo que eso no es así.

El abogado sacó sendos certificados de nacimiento y se los tendió. Gabriel le hizo una seña a Stewart para que los tomara y los leyera. Los ojos azules de Stewart transmitían preocupación al levantar la vista y encontrarse con la mirada de Gabriel.

—Llevaban el apellido de Marissa, pero os designó como padre —dijo Stewart.

—No pueden ser mías —insistió Gabriel—. Siempre tuvimos cuidado. ¿Cuántos años tienen?

—Cumplirán dos dentro de un mes.

Gabriel hizo rápidamente la cuenta. Habían sido concebidas durante la semana que había estado en Venecia, al poco de su ruptura. Marissa había ido a hablar con él y se había arrojado a sus brazos en un último intento por convencerle para que abandonara sus deberes. Habían hecho el amor durante toda la noche, con besos desesperados y abrazos enfebrecidos. Después, se había despertado al amanecer, justo cuando se marchaba de la habitación, y había arremetido contra él por darle esperanzas, acusándolo de indiferente. A pesar de su antagonismo, lo había lamentado meses y meses.

Lo suyo había sido una relación sin futuro. Se debía a su país. Ella no lo había aceptado y él había dejado que la relación fuera demasiado lejos. La había hecho albergar esperanzas de que lo dejaría todo por ella mientras él simplemente disfrutaba eludiendo sus responsabilidades. Pero aquello no podía durar; Sherdana siempre estaría por encima de todo.

¿Qué habría hecho si hubiera sabido que estaba embarazada? ¿Instalarla en una villa cercana para visitarla siempre que pudiera? Ella nunca lo habría aceptado. Habría exigido su total y completa dedicación. Eso era lo que los había separado. Él se debía al pueblo de Sherdana.

–Todo esto puede que no sea más que una patraña –intervino Stewart.

–Puede que a Marissa le gustara hacer dramas, pero no creo que fuera capaz de urdir algo así.

–Lo sabremos tras una prueba de ADN –dijo Stewart.

–¿Y qué hacemos hasta entonces? ¿Qué hago con las niñas? –preguntó el abogado con cierta impertinencia.

–¿Dónde están?

Gabriel ardía de impaciencia por verlas.

–En mi hotel, con su canguro.

–Que vengan –dijo sin pararse a pensar en las consecuencias.

–Pensad en vuestra futura boda, alteza –le advirtió Stewart–. No podéis traerlas aquí. El palacio está atestado de periodistas.

Gabriel miró con disgusto a su secretario.

–¿Me estás diciendo que no eres capaz de traer hasta aquí a dos niñas sin que las vean?

Stewart se irguió, tal y como esperaba Gabriel.

–Haré que las traigan al palacio de inmediato.

–Bien.

–Mientras tanto –intervino Stewart–, lo mejor será que volváis a la fiesta antes de que adviertan vuestra ausencia. Estoy seguro de que el rey y la reina querrán examinar la vía mejor para manejar el asunto.

Gabriel odiaba aquellos consejos tan sensatos de Stewart y la necesidad de ejercer de anfitrión cuando su cabeza estaba puesta en otros asuntos. No quería esperar para ver a las niñas. Su primer impulso era ir inmediatamente al hotel del abogado. Como si viendo a las niñas pudiera afirmar que eran suyas. Ridículo.

13

–Avísame en cuanto lleguen –le dijo a Stewart.

Y con aquellas palabras, salió de la habitación.

Consciente de que debía volver a la fiesta, pero con la cabeza dándole vueltas, Gabriel se dirigió a la biblioteca. Necesitaba unos minutos para recuperar la calma y ordenar sus pensamientos.

Gemelas. ¿Tendrían los ojos verdes y el pelo moreno de su madre? ¿Les habría hablado de él? ¿Sería una locura llevarlas al palacio?

Un escándalo podía hacer peligrar sus planes para estabilizar la economía de Sherdana. ¿Permitiría el conde que Olivia se casara con él cuando se supiera que tenía dos hijas gemelas ilegítimas? ¿Y si Olivia no estaba dispuesta a aceptar que sus hijos no fueran los únicos?

Gabriel salió de la biblioteca con nuevas preocupaciones en la cabeza, decidido a que su futura esposa lo encontrara irresistible.

Desde su puesto de honor al lado del rey de Sherdana, Olivia observó a su futuro esposo escabullirse entre los invitados congregados en el salón dorado y se preguntó qué sería tan importante como para abandonar el baile del Día de la Independencia con tanta prisa.

Seguía preocupándole el hecho de que en menos de cuatro semanas se convertiría en princesa y apenas conocía al hombre con el que iba a casarse. No era una historia de amor como la de Kate y William. Olivia y Gabriel iban a casarse para elevar la posición social del padre de ella y mejorar la economía de Sherdana.

Si bien al resto de la gente le parecía estupendo, los amigos londinenses de Olivia se preguntaban qué era lo que la motivaba. Nunca había confesado a nadie aquel sueño que había tenido con tres años de convertirse en princesa algún día. Había sido una ilusión infantil y, al crecer, la realidad había sustituido al cuento de hadas. De adolescente, había dejado de imaginarse viviendo en un palacio y bailando con un príncipe apuesto. Sus planes para el futuro incluían cosas prácticas, como obras benéficas relacionadas con la infancia y, quizá algún día, un marido y unos hijos. Pero algunos sueños permanecían dormidos hasta que llegaba el momento adecuado.

Antes de que Olivia se parase a pensar en lo que hacía, se volvió hacia el rey.

–Disculpadme.

–Por supuesto –replicó el monarca con una sonrisa cordial.

Dejó al rey y salió en pos de su prometido. Quizá alcanzara a Gabriel antes de que volviera al salón de baile y pudiera pasar un rato a solas hablando con él. Apenas había dado una docena de pasos cuando Christian Alessandro se interpuso en su camino.

La expresión de sus ojos dorados se dulcificó al dedicarle una sonrisa.

–¿Estás disfrutando de la fiesta?

–Claro –contestó.

Contuvo un suspiro al ver truncados sus planes de hablar a solas con Gabriel.

Había coincidido con Christian varias veces en Londres a lo largo de los años. Era el hermano más juerguista de los Alessandro y había pasado más tiempo de fiesta que estudiando en Oxford, donde había conseguido licenciarse. Aunque tenía fama de playboy, siempre la había tratado con respeto, quizá porque Olivia había sabido ver en él su inteligencia más allá de sus encantos.

–He visto al príncipe Gabriel abandonar la fiesta a toda velocidad –murmuró, incapaz de contener la curiosidad que sentía–. Espero que no haya ocurrido nada.

Christian puso cara de póquer.

–Ha tenido que ir a ocuparse de un asunto de negocios, nada importante.

–Parecía un poco alterado.

Se quedó mirando a su futuro cuñado y le pareció ver un ligero temblor en el borde del párpado. Le estaba ocultando algo importante sobre Gabriel. Al parecer, no era la única que guardaba secretos.

Desde que Gabriel empezó las negociaciones con su padre un año antes, Olivia no había tenido oportunidad de conocer al hombre con el que iba a casarse. Esa circunstancia no había cambiado desde que llegó a Sherdana, hacía una semana. A un mes de la boda, apenas habían pasado una hora juntos sin interrupciones.

Al día siguiente de llegar, habían dado un paseo por los jardines, que habían tenido que interrumpir después de toparse con el perro de la reina cubierto de barro. Gabriel había elogiado la habilidad de Olivia para esquivar al animal y había vuelto al palacio a cambiarse de pantalones.

También habían compartido un momento en la carroza el día anterior antes del desfile. Le había alabado el sombrero.

Y durante los cinco minutos del vals de aquella noche, le había dicho que estaba encantadora.

Sus conversaciones eran cordiales y educadas. En todo momento se comportaba como el príncipe perfecto: cortés, galante y culto. Se había visto asaltado por el absurdo impulso de revolverle el pelo y hacerle algún comentario atrevido.

Christian recuperó su atención contándole toda clase de cotilleos sobre los nobles del país. En circunstancias normales le habrían resultado divertidos todos aquellos chismes, pero con cada baile, el ambiente le resultaba más agobiante.

¿Qué esperaba Gabriel de ella? ¿Una compañera para gobernar o una mujer florero a la que exhibir en las grandes ocasiones? Esperaba que lo primero.

Siendo el primogénito por apenas cuarenta minutos de diferencia, se había hecho con el derecho a heredar el trono. Nadie albergaba ninguna duda de que era perfecto para el cargo.

Su compromiso con Sherdana era completo. Había sido educado allí y rara vez salía del país salvo por asuntos oficiales, al contrario que sus hermanos, que preferían pasar el menor tiempo posible en su país de nacimiento.

Atraída por un magnetismo imposible de resistir, volvió su atención hacia las puertas del salón, que Gabriel acababa de cruzar. ¿Qué le había llevado a irse en mitad de la fiesta? Como si sus pensamientos lo hubieran atraído, vio al príncipe caminando entre los invitados en dirección hacia ella.

Su mirada reparó en la anchura de sus hombros, en cómo su chaqueta blanca resaltaba su amplio pecho lleno de medallas. Una banda azul le cruzaba el torso desde el hombro hasta la cadera.

–Discúlpame por haberte dejado –dijo deteniéndose ante ella–. Espero que mi hermano haya sabido entretenerte.

–Christian me ha estado hablando de tus invitados.

Por primera vez, aquella fachada de cortesía desapareció y dirigió una dura mirada a su hermano.

–¿Qué le has estado contando?

–Cosas que la mayoría de la gente, incluyéndote a ti, no le habría contado. Si va a convertirse en la princesa de Sherdana, tiene que conocer los entresijos o no podrá ayudarte en nada.

Gabriel sacudió la cabeza.

–No necesita saber los detalles de nuestros políticos para ayudarme a mí o al país.

Olivia sintió que el corazón se le encogía. Ya sabía lo que esperaba de ella. No quería una compañera con la que trabajar. Iría a ceremonias y apoyaría causas benéficas mientras él gobernaba el país y se ocupaba de los problemas.

–Es más lista de lo que crees, Gabriel. Deberías aprovecharte de ella en tu propio beneficio.

–Gracias por tu opinión, hermano.

Por su tono, habían llegado al final de la conversación.

Con una reverencia burlona, Christian se retiró. Si bien lamentaba su marcha, por otro lado se alegraba de tener un momento a solas con Gabriel. O, al menos, lo estaba, hasta que él empezó a hablar.

–Sé que apenas has visto nada de Sherdana desde tu llegada. Pero quizá eso pueda cambiar en los próximos días.

Aquella formalidad la estaba impacientando.

–Eso sería maravilloso –replicó, apartando sus pensamientos–. Estoy deseando conocer los famosos viñedos del país.

–Sherdana se enorgullece de su vino, como muy bien sabes.

–Y así debería ser –murmuró ella sin disimular el tono de aburrimiento en su voz–. Me alegro de que hayas podido resolver esos asuntos de negocios para volver a la fiesta.

–¿Negocios?

–Vi a tu secretario comentándote algo. No parecía algo agradable. Y luego te fuiste. Christian me ha explicado que se trataba de un asunto de negocios del que tenías que ocuparte.

–Ah, sí, era solo un malentendido con Stewart. No era nada.

–Me alegro.

Sin embargo, su mente estaba ocupada catalogando todos los matices de su tono y expresión. A su futuro esposo se le daba muy bien mostrarse evasivo.

–¿Te apetece bailar? –preguntó.

Su voz profunda la sobresaltó.

Estaba cansada y le dolían los pies, pero sonrió.

–Claro.

Un vals comenzó a sonar justo cuando Gabriel la tomaba de la mano para dirigirse a la pista de baile. Le resultaba una tortura mantener una expresión dulce y neutral mientras sentía su mano en la espalda. Llevaba un vestido recatado que no enseñaba hombros ni escote, pero que con el calor de la mano de Gabriel a través de la tela de seda, sintió como si ardiera.

–¿Te sientes obligada a casarte conmigo porque es lo que tu padre quiere?

Ante aquella pregunta tan directa e inesperada, a punto estuvo de romper a reír.

–¿Por qué iba a sentirme obligada por mi padre? Eres rico, guapo y, algún día, te convertirás en rey. ¿Qué mujer no querría ser reina?

–No has contestado a mi pregunta.

–Nadie me obliga a casarme contigo. Se me ha dado una oportunidad que muchas envidiarían –dijo ella valorando su expresión–. ¿Temes que acabe cambiando de opinión? –añadió ladeando la cabeza sin dejar de mirarlo fijamente–. ¿O acaso estás buscando una excusa para cancelar nuestro compromiso?

–No se trata de esto. Solo me preguntaba si hubieras preferido una vida diferente.

–Estoy segura de que mucha gente desea cada día haber hecho algo diferente. Hay que enfrentarse a lo que la vida nos depara. Para algunos, es luchar contra la pobreza. Para otros, es criar a un hijo a solas o dedicarse a sus profesiones y renunciar a tener una familia. Para ti, es asegurar la seguridad económica de tu reino –dijo suavizando su tono de voz–. Para mí, casarme con un príncipe y llegar a ser reina algún día.

Por alguna razón, aquello no pareció ser suficiente para él.

–Pero, ¿es eso lo que quieres?

–¿Casarme contigo y convertirme en reina? ¡Por supuesto!

Gabriel no parecía muy convencido.

–No hemos tenido mucho tiempo para conocernos. Espero que eso cambie en el próximo mes.

–Quizá podríamos empezar ahora. ¿Qué es lo que quieres saber?

–Empecemos por algo sencillo. ¿Cómo es que hablas francés e italiano con tanta fluidez?

–Desde niña tuve todo un ejército de profesores.

–Tienes muy buen acento.

–Siempre me han dicho que tenía buena predisposición para los idiomas. Hablo unos cuantos.

–¿Cuántos?

–Seis, y entiendo otros tres más.

–Nos será muy útil cuando otros dignatarios vengan a visitarnos.

Una vez más, recordó que solo volvería a su casa en Inglaterra para breves visitas. Cuando se convirtiera en princesa, tendría que pasar casi todo el tiempo en Sherdana. Al menos, vería a su padre con frecuencia, porque no dejaría de supervisar sus inversiones.

–¿No sueles sonreír mucho, verdad? –añadió él.

Su pregunta era más una reflexión, y la pilló de improviso.

–No paro de sonreír.

Gabriel se quedó observando sus rasgos.

–Son sonrisas de cortesía, pero no recuerdo haberte visto sonreír de alegría.

–Te aseguro que soy bastante feliz.

–Deja de decir lo que crees que quiero oír. Eso no es lo que Sherdana necesita de su princesa, y desde luego que no es lo que espero de mi esposa.

La intensidad de su voz y la sinceridad de su reflexión no pertenecían al hombre que había conocido hasta ese momento. Su franqueza la hizo irse de la lengua.

–¿Me estás dando permiso para que discuta con su alteza?

–Gabriel –dijo haciendo una mueca.

–Sí, claro.

–Olivia, me harías muy feliz si empezaras a considerarme un hombre en vez de un príncipe.

Aquel comentario hizo que se estremeciera y decidió dar su opinión:

–Lo haría si dejaras de pensar en mí en términos de ganancias económicas o financieras y te dieras cuenta de que soy una mujer que sabe muy bien lo que quiere.

Al oír aquello, Gabriel parpadeó. La sorpresa se convirtió en curiosidad y se quedó mirándola. Por primera vez, parecía estar viéndola como una persona en vez de cómo una condición más de un contrato que debía cumplir para que su padre construyera una planta en Sherdana y creara esos puestos de trabajo que impulsarían la economía.

–Me estoy dando cuenta de que eres diferente a como te había imaginado –comentó Gabriel, haciéndola dar un giro en el baile.

–Gracias a Dios –replicó sin aliento.

Tuvo que esforzarse para conseguir pronunciar aquellas tres palabras.

Quizá el matrimonio se pareciera más a una aventura de lo que en un principio había pensado. No había esperado que su marido la excitara. Por muy guapo que fuera Gabriel, nunca perdía el control. No había imaginado que pudiera haber pasión. Habiendo crecido en un entorno protegido, al margen de situaciones ordinarias para otras chicas como salir con chicos o simplemente relacionándose con otras personas, nunca había experimentado deseo. Hasta aquel momento, no estaba segura de que pudiera sentirlo.

Se sintió aliviada a la vez que aturdida. Acababa de darse cuenta del importante e inesperado beneficio que aquel matrimonio le iba a deparar y, por primera vez en meses, se enfrentaba a su futuro con ilusión.

Capítulo Dos

Olivia estaba tumbada en la butaca de terciopelo azul de la habitación que le había sido asignada en el palacio, aliviándose los calambres con una bolsa de agua caliente. Estaba contemplando las hojas de oro del techo de escayola que tenía a seis metros de la cabeza. Desde los altos y estrechos espejos que había entre las cortinas de seda hasta las elegantes lámparas de araña, la estancia era impresionante, a la vez que sorprendentemente cálida.

Eran poco más de las dos de la madrugada. Había sentido la primera punzada de dolor poco después de que el rey y la reina abandonaran la fiesta, y había aprovechado para marcharse. Por suerte, no había sido muy fuerte. Un año antes, se habría tomado un analgésico y se habría metido en la cama. Por suerte, aquello ya había pasado. Una princesa no podía evitar apariciones públicas porque se sintiera mal. Tenía que tener una salud de hierro y demostrar que su valía iba más allá del impulso económico que la compañía de tecnología de su padre proporcionaría.

Como para mofarse de su optimismo, un nuevo dolor la invadió. Había empezado a sufrir fuertes dolores y reglas abundantes desde los quince años. Asustada por la cantidad de sangre que perdía cada mes, Olivia había ido a ver a un doctor. La había diagnosticado endometriosis y había estado tomando anticonceptivos orales para reducir el

23

dolor y acortar sus períodos. El yoga, los masajes y la acupuntura le habían ayudado a sobrellevar los síntomas, pero nada de aquello había corregido su problema. Para eso, había tenido que operarse.

Olivia no podía explicar por qué había sido tan reacia a entrar en quirófano cuando el dolor se había intensificado a sus veintipocos años. No tenía una madre con la que compartir sus temores porque había muerto al darle a luz, así que había ocultado el problema a todo el mundo, incluyendo a su padre. Solo Libby, su secretaria personal, sabía lo insoportable que podía llegar a ser el dolor. Libby la había ayudado a que sus visitas al médico pasaran desapercibidas a la prensa, y era la que se inventaba excusas cuando tenía un mal día. Olivia no sabía qué habría sido de ella en los últimos ocho años si no hubiera sido por la ayuda de Libby.

No había sido hasta un año antes, cuando había descubierto la relación entre endometriosis e infertilidad, que había empezado a reconsiderar sus planes para hacer frente a la enfermedad. Si se fuera a casar con un rico empresario, un político o cualquier noble de su país, hablaría con él del problema y juntos decidirían cómo afrontarlo. Pero se iba a casar con el futuro rey de Sherdana y se esperaba de ella que engendrara un heredero.

Con un repentino ataque de impaciencia, Olivia dejó a un lado la bolsa de agua caliente y se puso de pie. Darle vueltas a su trastorno solo servía para debilitar la seguridad en sí misma, y no era así como le gustaba afrontar las situaciones. A pesar de lo tarde que era, no le apetecía meterse en la cama. Necesitaba aire fresco y ejercicio. Tal vez le fuera bien un paseo por el jardín.

Aunque se había quitado el vestido nada más

volver de la fiesta, todavía no se había puesto el pijama. Se quitó la bata, se puso un vestido sin mangas y un par de bailarinas planas que le permitirían moverse por el palacio sin hacer ruido.

La habitación que le habían dado estaba en el ala opuesta del palacio de donde estaban los apartamentos de la familia real y que se usaba para dignatarios extranjeros e ilustres visitantes. Su padre dormía al lado, en una habitación tan ricamente decorada como la suya.

Olivia pasó de puntillas por delante de su puerta en dirección a la escalera del fondo del pasillo que la llevaría hasta el vestíbulo rosa y de allí al jardín lateral. Llevaba poco tiempo en el palacio y apenas lo conocía, pero había hecho ese recorrido al segundo día de conocer a la reina.

Al llegar al fondo del pasillo, un grito infantil llamó su atención. Venía del piso de arriba. Llegó a la escalera y se quedó escuchando. Al poco, se oyeron gritos de nuevo, solo que esta vez se distinguían dos voces.

Al momento, el destino de Olivia cambió. En vez de bajar, se dirigió al tercer piso, siguiendo un llanto infantil y la voz nerviosa de un adulto que intentaba tranquilizarlos.

En lo más alto de la escalera, Olivia vio dos sombras avanzando en su dirección por el pasillo oscuro. Intrigada por lo que estaba pasando, había dado unos pasos en su dirección cuando oyó una voz entre las sombras.

–Karina, Bethany, volved aquí en este instante.

Aquella orden solo sirvió para que las niñas aceleraran el paso.

Consciente de que a la velocidad a la que iban podían caerse por la escalera, Olivia se arrodilló y abrió los brazos. Con el paso bloqueado, las niñas se detuvieron. Con los ojos abiertos de par en par y abrazándose la una a la otra para reconfortarse, se quedaron mirando a Olivia.

–Hola –las saludó con una dulce sonrisa–. ¿Adónde vais tan tarde?

–No creáis más que problemas.

Aquella mujer tan estridente no debía de haber visto a Olivia, pues de lo contrario no estaría hablando con tanta dureza. Asustadas, las niñas se colocaron a su lado. Al tenerlas más cerca, pudo verlas mejor. Se quedó mirándolas sorprendida, preguntándose si veía doble.

Las dos pequeñas parecían dos gotas de agua, con sus largas melenas morenas y sus grandes ojos oscuros. Llevaban vestidos idénticos y unas lágrimas rodaban por sus mejillas.

Olivia pensó en rodearlas con sus brazos, pero temió que se asustaran aún más. A pesar de que había crecido sin su madre, Olivia tenía un instinto maternal muy desarrollado. Cuando el doctor le había dicho que a menos que se operara no podría tener hijos, había sentido como si le clavaran un cuchillo en el corazón.

–Será mejor que aprendáis a comportaros o la gente que vive aquí os echará y no tendréis adónde ir.

Harta de lo que acababa de oír, Olivia se levantó para que la mujer la viera y se sorprendió al ver que las niñas se ocultaban detrás de ella. Se aferraron a su vestido con fuerza y un sentimiento de protección la embargó.

–Cállese ahora mismo –ordenó Olivia levantando la voz–. Nadie se merece que lo amenacen así, mucho menos unas niñas.

La niñera se detuvo en seco.

–No sabe cómo son.

–¿Para quién trabaja?

La mujer parecía recelosa.

–Cuido de estas niñas.

Olivia puso una mano en cada una de las cabezas. Tenían un pelo sedoso y estaba deseando dedicarles toda su atención, pero antes tenía que ocuparse de aquella mujer.

–Sí, ya. Pero ¿quiénes con sus padres?

–Su madre está muerta.

Olivia contuvo una exclamación ante la falta de compasión de aquella mujer.

–Eso es terrible.

La mujer no dijo nada.

–Está en el cielo –dijo la niña de su izquierda.

Cada vez le gustaba menos la niñera. ¿Acaso no tenía corazón? ¿Era consciente su padre del trato que estaban recibiendo?

–Quizá debería hablar con su padre. ¿Cómo se llama?

–Un abogado me contrató hace una semana para que me ocupara de ellas.

La mujer miró a Olivia, poniéndose a la defensiva.

–Pues no parece que esté haciendo muy buen trabajo.

–Están muy consentidas y son muy difíciles. Y ahora mismo, tiene que irse a la cama.

Con la vista puesta en las pequeñas, la mujer se echo hacia delante y separó los brazos, como si pretendiera apartarlas del lado de Olivia.

La pequeña de la derecha se encogió. Su hermana, envalentonada por la atención de Olivia, se resistió.

–Te odio –dijo tirando de la falda de Olivia–. Quiero irme a casa.

Aunque era demasiado pequeña para recordar el trauma de perder a una madre, Olivia recordó su infancia solitaria y la tristeza por la que todavía tenían que pasar aquellas niñas. Deseaba arroparlas en sus brazos y consolarlas en aquellos momentos tan difíciles, pero no debía encariñarse con ellas.

Suspiró y decidió que había llegado el momento de apartarse de aquella situación. Llamaría a una doncella para que se hiciese cargo de las niñas y regresaría a su habitación. Por la mañana, se enteraría de quién era el padre y le comunicaría el comportamiento de su empleada.

–Si hago que esta señora se vaya –dijo Olivia mirando a las niñas–, ¿volveréis a vuestra habitación y os dormiréis?

–No –contestó la única que parecía dispuesta a hablar–. Queremos quedarnos contigo.

Era evidente que había defendido a las niñas demasiado bien. Aunque tampoco le haría ningún daño dejar que pasaran la noche con ella. Había sitio de sobra en su enorme cama, y ya haría averiguaciones por la mañana.

–¿Queréis dormir en mi habitación esta noche?

Las dos pequeñas asintieron con la cabeza a la vez.

–No puede hacer eso –protestó la niñera.

–Por supuesto. Le sugiero que vuelva a su habitación y empiece a recoger sus cosas. Enseguida mandaré a alguien para que la acompañe hasta la salida.

Olivia dio una mano a cada niña y se dirigieron a la escalera. Una vez en su habitación, mandaría a una doncella a recoger sus camisones y sus cosas.

Les llevó un rato bajar al segundo piso, porque las pequeñas no podían bajar más rápido. Aquello le dio tiempo para pensar si alguien en el palacio las echaría de menos. Esperaba tener una conversación con el padre para contarle la clase de persona que había contratado para cuidar de sus hijas.

Cuando llegaron a la habitación, se sorprendió al encontrarse a una doncella colocando unas cosas en el escritorio. La joven la miró sorprendida al ver al trío llegar. Aunque en el palacio le habían facilitado doncellas para asistirla en todo aquello que pudiera necesitar, no esperaba encontrarse a nadie en su habitación en mitad de la noche. Y, por la expresión de la mujer, no esperaba que la viera allí.

–*Lady* Darcy, estaba ordenando esto.

–¿A las dos de la mañana?

–Vi su luz encendida y pensé que quizá necesitaba algo.

No quería montar una escena delante de las niñas, así que se fijó en su rostro para reconocerla entre los más de cien sirvientes con los que contaba el palacio. Tenía una pequeña cicatriz debajo del ojo izquierdo.

–¿Puede bajar a la cocina y traer un par de vasos de leche?

–Odio la leche –dijo la niña habladora–. Prefiero helado.

Olivia recordó el comentario de la niñera acerca de que estaban muy consentidas y se quedó pensativa. No podía olvidar que no eran su responsabilidad, así que podía consentirlas todo lo que quisiera.

–¿Con sirope de chocolate?

–¡Sí!

Olivia asintió.

–Por favor, traiga dos cuencos de helado con sirope de chocolate.

–Por supuesto, *lady* Darcy.

La doncella pasó a su lado sin dejar de mirarlas antes de desaparecer por la puerta.

Olivia se dejó caer en el sofá que había junto a la chimenea y les hizo una seña a las niñas.

–Hagamos las presentaciones, ¿os parece? Yo me llamo Olivia.

Dudaron unos segundos antes de acercase a ella. Olivia esbozó una cálida sonrisa en los labios y les indicó que se sentaran a su lado.

–Por favor, sentaos. El helado tardará un poco. El palacio es grande.

Las niñas iban de la mano y permanecieron en silencio observando la enorme habitación. Fijándose mejor, Olivia advirtió el parecido con la familia Alessandro. De hecho, se parecían a las fotos que había visto de Ariana, la hermana de Gabriel, cuando tenía su misma edad. ¿Serían primas? Frunció el ceño. La recopilación de información que había hecho sorbe Sherdana había incluido a toda la familia real, y no recordaba haber visto primos de tan corta edad.

–Apenas llevo aquí unos días y ya me he perdido una docena de veces –continuó con un tono tranquilizador–. Cuando me pasa, me da mucho miedo. Pero también he descubierto algunos sitios maravillosos. Abajo hay una biblioteca llena de libros. ¿Os gustan las historias?

Las niñas asintieron a la vez.

–A mí también. Las historias que más me gustaban cuando era pequeña eran las de princesas. ¿Queréis oír una? –preguntó e interpretó sus sonrisas por una respuesta afirmativa–. Érase una vez dos princesas que se llamaban Karina y Bethany.

–Esas somos nosotras.

Gabriel paseaba por su despacho, esperando impaciente a que llegara Stewart con la noticia de que las gemelas estaban en el palacio. En la mano tenía la única foto que había guardado de Marissa después de su ruptura. La había guardado en un sobre y la había metido al fondo de un cajón. No sabía muy bien por qué la había guardado.

Después de considerar diversas estrategias con Christian en relación a las hermanas de Marissa, había mandado a su hermano a su casa. Aunque en el palacio había habitaciones suficientes, Christian prefería tener su propio espacio y rara vez se quedaba allí. A veces, Gabriel sospechaba que si alguno de sus hermanos tuviera la posibilidad, renunciarían a sus títulos y a sus derechos dinásticos. Apenas pasaban tiempo en Sherdana. Nic había ido a la universidad en los Estados Unidos, en donde había conocido a su socio, y solo volvía cuando no le quedaba más remedio, mientras que Christian pasaba casi todo el año viajando por asuntos de negocios.

A pesar de que los trillizos se habían criado juntos, la distancia entre ellos preocupaba a Gabriel. Aunque sabía que como primogénito algún día tendría que gobernar el país, nunca se había imaginado que sus hermanos no fueran a estar cerca para ayudarlo.

Stewart apareció cuando Gabriel estaba guardando la foto en el sobre. Miró el reloj y comprobó que eran las tres de la madrugada. Hacía media hora que había mandado a su secretario a comprobar que las hijas de Marissa estuvieran bien.

–¿Y bien? –preguntó.

–Llegaron al palacio hace dos horas y he hecho que las acompañen hasta las habitaciones del ala norte.

Le había parecido prudente ubicarlas en el lado opuesto del palacio, lejos del resto de la familia real.

–¿Las has visto?

Quería saber si las niñas se parecían a él, pero le costaba hacer la pregunta. Christian le había aconsejado que se hiciera una prueba de ADN antes de que Gabriel se encariñara con las pequeñas. Era un buen consejo, pero le costaba seguirlo.

–Todavía no.

–¿Qué has estado haciendo? –preguntó furioso.

El secretario no se alteró por la impaciencia de su jefe.

–He ido a la habitación, pero parece que han desaparecido.

–¿Desaparecido? –preguntó, incapaz de imaginarse cómo podía haber ocurrido–. ¿No dijo el abogado que tenían una niñera? ¿Le preguntaste dónde estaban?

–Se ha ido. Al parecer, uno de los guardas la acompañó a la salida hace una hora.

–¿A la salida? ¿Con qué permiso?

–Con el de la secretaria privada de *lady* Darcy.

Incapaz de adivinar cómo se había mezclado en todo aquello, Gabriel se pasó la mano por el pelo. Aquel asunto de las hijas de Marissa se estaba descontrolando rápidamente.

–¿Has hablado con ella?

–Son las tres de la mañana, señor.

–Dile que quiero hablar con ella.

–Enseguida.

Al cabo de cinco minutos, el secretario regresó.

–Al parecer está en la habitación de *lady* Darcy, señor –dijo Stewart–. Con las niñas.

La irritación dio paso a la consternación y Gabriel se dirigió al ala donde estaba instalada su futura esposa. Un encuentro entre Olivia y las hijas de Marissa era algo con lo que no contaba. Tendría un montón de preguntas que hacer acerca de ellas. Estaba resultando más problemática de lo que había pensado. Christian le había advertido de que Olivia era mucho más que una bonita cara y unos modales refinados, pero había hecho un excelente trabajo ocultándolo. La pregunta era por qué.

Gabriel llamó a la puerta de Olivia y, antes de lo que esperaba, una atractiva mujer de treinta y pocos años abrió. Llevaba un traje azul marino y abrió los ojos de par en par al verlo en el pasillo.

–Estoy buscando a dos niñas que se han perdido de su habitación –dijo Gabriel en tono cortés, a pesar de la urgencia por hacerla a un lado–. Tengo entendido que están aquí. ¿Puedo pasar?

–Por supuesto, alteza –dijo haciéndose a un lado–. *Lady* Darcy, el príncipe Gabriel ha venido a verla.

–Si nos disculpa –dijo Gabriel, indicándole con un gesto que se marchara.

Luego, entró en la suite y cerró la puerta a su espalda.

Recorrió la habitación con la mirada en busca de su prometida. La vio frente a la chimenea. Se la veía serena con un sencillo vestido de algodón y el mismo recogido que había llevado en la fiesta. Era evidente que no se había metido en la cama. Aquel pensamiento le hizo desviar la vista a la cama, donde vio un bulto baja las sábanas.

–Siento la visita tan tarde, pero se han perdido dos niñas.

–Bethany y Karina.

Sabía sus nombres. ¿Qué más había averiguado?

–¿Qué están haciendo aquí? –preguntó, y su tono sonó más brusco de lo que esperaba.

Ella lo miró entornando los ojos.

–Han tomado un cuenco de helado y se han quedado dormidas. Estaban asustadas con esa horrible mujer que habían contratado para cuidarlas y no querían dormir en sus camas, así que me las traje aquí.

–¿Y las has tranquilizado con helado?

–Su madre murió hace unos días. Unos desconocidos las han arrancado del único hogar que han conocido y las han traído a este lugar tan grande y tenebroso. ¿Tienes idea de lo dramático que es todo esto para ellas?

–Las habitaciones infantiles no son tenebrosas.

–Para ellas sí, al igual que esa horrible mujer que las estaba cuidando.

–¿Es por eso que la has echado del palacio?

Los ojos de Olivia centellearon.

–Supongo que vas a decirme que no me correspondía a mí echarla, pero me recordó a la bruja de los cuentos.

Su indignación resultaba encantadora, y a Gabriel se le fue pasando el enfado.

–¿Cómo has dado con ellas?

–No podía dormir, así que pensé en ir a dar un paseo. Al llegar a la escalera oí sus llantos y a la niñera regañándolas. Estaban en el pasillo, huyendo de esa mujer y de las cosas que decía –dijo, y apretó los labios–. Me gustaría hablar con su padre, si es posible mañana mismo.

–La situación de las niñas es un poco complicada –afirmó Gabriel, y dirigió la mirada hacia el bulto del centro de la cama.

–Entonces, explícamelo.

No había dejado de dar vueltas a aquello en toda la noche. Lo que iba a contarle al mundo acerca de las hijas de Marissa no era nada en comparación a cómo explicaría el asunto a sus padres y a la mujer con la que pronto se casaría.

–Antes hay que dejar claras algunas cosas.

Olivia trató de analizar su expresión antes de hablar.

–¿Qué clase de cosas?

No podía contestarle que las niñas no eran asunto suyo, especialmente después de que se hubiera hecho cargo de ellas. Pero a la vez, no quería reconocerlas hasta que se aclarara su linaje.

–Quizá te refieres a una prueba de ADN –dijo sorprendiéndolo–. Se parecen a tu hermana cuando era pequeña.

–¿Ah, sí?

–¿No te parece?

–Acaban de llegar, todavía no las he visto.

Con el corazón latiendo desbocado, Gabriel se acercó a la cama. Desde que había sabido de las gemelas, había estado impaciente por verlas, pero de repente era como si no pudiera moverse. Se quedó mirando sus rostros dulces e inocentes mientras dormían, albergando una mezcla de miedo y esperanza de que las niñas fueran suyas.

Marissa no le había mentido. Eran suyas. Acarició las delicadas mejillas de las niñas y los músculos se le relajaron.

–¿Son tuyas, verdad? Esperaba que fueran de Christian.

–Esta misma noche he sabido de ellas.

–¿Su madre nunca te lo contó? –preguntó Olivia, y suspiró–. Y ahora está muerta.

–Lo nuestro acabó mal –dijo manteniendo la vista en las niñas, incapaz de mirarla a los ojos–. No sabía que estaba enferma.

Por unos segundos, sintió que la desesperación se apoderaba de él y apretó los labios. Luego, consciente de que seguía observándolo, su expresión se volvió imperturbable.

–La amabas.

Olivia y él nunca habían hablado de amor. Aunque el suyo era un matrimonio de conveniencia, quizá no le sentara bien saber que había estado enamorado antes.

–Estuvimos juntos hace mucho tiempo.

–Karina y Bethany deben de tener unos dos años. No puede hacer tanto tiempo.

A pesar del tono calmado de Olivia, Gabriel sospechaba que se sentía incómoda de que le restregaran su pasado por la cara. Si la verdad acerca de las gemelas se sabía, la prensa especularía y empezaría a crear historias y controversias donde no había nada. Olivia se convertiría en el objetivo para liderar las audiencias.

–Esto tiene que seguir siendo un secreto –le dijo.

–Imposible. Al haberlas traído al palacio, corres el riesgo de que se sepa.

–Quizás, pero me gustaría contar con el tiempo suficiente para idear una estrategia con la que podamos controlar los posibles daños.

–No te preocupes por la reacción de mi padre. Está decidido a instalar una planta aquí.

–¿Y tú?

–Son dos niñas preciosas. Apoyaré cualquier decisión que tomes, pero creo que deberías reconocerlas.

No había rastro de duda en su mirada. ¿Era consciente de que se convertiría en madrastra de las hijas de su antigua amante? ¿Habría sido tan comprensiva otra mujer?

–No te entiendo.

–¿Alteza?

–Ni se te ocurra llamarme alteza, y mucho menos en la cama.

–Está bien, Gabriel. Prometo no llamarte nunca alteza o príncipe Gabriel mientras hagamos el amor.

Por primera vez, vio a la Olivia que había debajo de la enigmática y culta mujer con la que había decidido casarse. Había un brillo pícaro y burlón en sus ojos. También se la veía inteligente. ¿Por qué le había ocultado su ingenio? Gabriel recordó que apenas habían pasado tiempo juntos. Si la hubiera conocido mejor, se habría dado cuenta mucho antes de cómo era.

–Acabo de darme cuenta de que no nos hemos besado aún –dijo.

Luego, le tomó la mano y se la besó.

–Me besaste el día que nos comprometimos.

–Frente a una docena de testigos –murmuró–. Y no como me habría gustado.

Le había pedido matrimonio ante su padre y varios familiares cercanos. Había sido una formalidad, no una proposición real.

–¿Cómo te habría gustado?

Nunca antes había flirteado con él, y Gabriel descubrió que le gustaba el reto. La tomó de la barbilla y le hizo ladear la cabeza lo suficiente para que sus labios se alinearan.

Olivia contuvo la respiración al sentir el ligero roce de sus labios. Gabriel percibió que sus sentidos se despertaban con una urgencia feroz. Deseaba tomarla entre sus brazos y devorar su boca. En vez de eso, se concentró en su olor, un delicioso aroma floral que le recordaba a las noches de primavera, cuando las rosas estaban en pleno esplendor, y rápidamente recuperó el control.

¿Qué le estaba pasando? A tan escasa distancia, percibió la tensión del cuerpo de Olivia y el temblor de sus músculos. Le sorprendía lo fuerte que era aquella atracción.

Desde que habían bailado, no había dejado de dar vueltas a la química que había sentido entre ellos. No esperaba encontrar pasión en su matrimonio, pero habiendo aflorado aquella química sexual, estaba deseando explorarla.

Desde el principio le había intrigado. Cada vez que estaban en la misma habitación, conseguía llamar su atención. La había elegido por lo que la inversión de su padre podía suponer para Sherdana más que por cualquier sentimiento que hubiera entre ellos. Pero esa noche había descubierto que su exterior camuflaba una mente rápida y un carácter de determinación.

–Quizá este no sea el mejor sitio para darnos nuestro primer beso –le dijo con voz ronca.

A pesar de que su cuerpo se negaba, Gabriel se separó un paso.

–Lo entiendo –replicó Olivia, volviéndose hacia las niñas.

Pero dudaba que así fuera, porque ni él mismo entendía sus actos.

Ninguna mujer antes o después de Marissa le había hecho perder el control y era lógico pensar que ninguna lo haría. Había pensado que Olivia era fría e intocable, pero se había equivocado.

Aquel incontrolable deseo de hacerle el amor durante toda la noche no formaba parte de su plan. Necesitaba una mujer que supiera cumplir su papel durante el día y que le calentara la cama por la noche.

–Creo que deberían quedarse aquí esta noche –murmuró Olivia–. Ya las instalaremos arriba por el día. Están tranquilas. Han pasado mucho en una sola noche. Quiero que cuando se despierten vean a alguien conocido a su lado.

Gabriel levantó las cejas al oír su tono categórico.

–¿Y ese alguien conocido eres tú?

–Les di helado –afirmó Olivia con gesto divertido–. Se alegrarán de ver un rostro amable.

–Desde luego que tienes un rostro así –dijo, y se volvió a mirar a las niñas–. Y también muy bello.

Capítulo Tres

Olivia no durmió bien en el sofá, pero no habría dormido mejor en la cama. Había pasado toda la noche recordando lo ocurrido: el rescate de las niñas, descubrir que era hijas ilegítimas de Gabriel y, por último, el beso que habían estado a punto de darse.

¿Por qué había vacilado? El deseo que había visto en sus ojos mientras bailaban, ¿se lo había imaginado?

Las dudas la habían asaltado desde que Gabriel se había ido. No tenía mucha experiencia con los hombres. Nunca se había dejado llevar por los asuntos del corazón. Sus amigos la acusaban de estar demasiado pendiente de su reputación, pero lo cierto era que no se había sentido atraída por ningún hombre de su círculo social. Se habría empezado a preocupar por su incapacidad de sentir deseo físico si no hubiera experimentado algo mágico durante su primer año en la universidad.

Había ido a una fiesta de disfraces con una de sus amigas. El anfitrión era uno de los solteros más codiciados de Londres, y habría sido el último sitio donde se habría dejado ver. Por suerte, el disfraz y la máscara le permitían mantener el anonimato. La gente era más animada de lo que estaba acostumbrada, y el alcohol y las drogas habían propiciado comportamientos atrevidos. Olivia había cometido el error de dejarse acorralar.

El hombre se había aprovechado de su tamaño y su fuerza para acorralarla contra la pared y había deslizado las manos bajo su falda. Había forcejeado para separar aquellos labios húmedos de su cuello, pero no había podido liberarse. Entonces, todo había acabado con aquel hombre por los suelos, llevándose las manos a la nariz sangrante y recitando toda clase de obscenidades al desconocido que se había interpuesto.

No había podido ver a su salvador porque el pasillo estaba a oscuras y no paraba de temblar por la violencia de la situación, pero se las había arreglado para esbozar una sonrisa de agradecimiento.

–Gracias por ayudarme.

–Este no es sitio para ti –le había dicho, con un extraño acento–. No es seguro para alguien tan joven como tú.

Le habían ardido las mejillas al escuchar aquello porque el hombre tenía razón. Se había sentido como una estúpida.

–La próxima vez, llevaré en el bolso una pistola paralizante en vez de una barra de labios.

–Asegúrate de que no haya una próxima vez –le había dicho sonriendo.

–Tienes razón. Este no es sitio para mí –había replicado, decidida a marcharse–. Ha sido un placer conocerte. Me habría gustado que hubiera sido en otras circunstancias.

Instintivamente, se había puesto de puntillas y le había dado un beso en la mejilla.

–Mi héroe –había añadido.

Antes de que se fuera, él apoyó la mano en su mejilla y rozó sus labios con los suyos. Al contacto, sintió una corriente, mientras la atraía hacia él. El beso había sido magistral. Lo suficientemente exigente como para ser excitante, pero sin que resultara tan brusco como para asustarla.

Olivia dejó escapar un suspiro al recordar aquello. Siete años más tarde, seguía siendo el beso más increíble que le habían dado jamás. Y ni siquiera había sabido su nombre. Quizá por eso lo recordaba con tanta nitidez en su memoria.

Olivia, tumbada con un brazo cubriéndole los ojos, apartó aquellas emociones. Nada bueno sacaría de recrearse en un recuerdo romántico. El hombre que la había rescatado probablemente fuera tan repugnante como el resto de los invitados y simplemente habría sufrido una crisis de consciencia momentánea. Iba a casarse con un hombre honesto y bueno, y tenía que concentrarse en el presente.

Mientras la claridad iba entrando en la habitación, Olivia renunció al sueño y sacó su ordenador portátil. Durante la búsqueda de información de Gabriel y su familia se había limitado a asuntos de Sheridan. Esta vez decidió informarse sobre sus romances del pasado y dio con un par de artículos que hablaban de Marissa Somme, una modelo medio francesa medio americana con la que había salido hacía unos años.

Olivia buscó más historias. Unas cuantas recogían los rumores de que Gabriel había estado considerando abdicar a favor de uno de sus hermanos, pero finalmente, el romance había terminado.

Preocupada, Olivia continuó buscando imágenes de la pareja. Lo que encontró no la tranquilizó. La pareja había estado muy enamorada. Olivia se quedó mirando una imagen sonriente de ambos, y supuso que si no hubiera sido plebeya, se habrían casado.

Era evidente que Gabriel había elegido el deber a su país al amor, y Marissa había desaparecido.

Al oír unos susurros provenientes de la cama, Olivia se levantó del sofá. Estaba segura de que las gemelas se habían despertado. Se habían echado la colcha sobre la cabeza.

Por un momento, las envidió. Siempre había deseado tener una hermana con la que compartir secretos. Si su madre no hubiera muerto, quizá habría tenido hermanos y no habría crecido aislada de otros niños. Su mundo había estado rodeado de adultos, como niñeras y varias institutrices, y nunca había tenido amigos de su misma edad con los que jugar. De hecho, apenas había tenido libertad para jugar.

Olivia tiró de la colcha, bajándola un poco para ver a las gemelas. Tenían las cabezas unidas, en una curiosa forma de comunicación. Su primera reacción al verse descubiertas fue de terror, y rápidamente se dieron las manos en busca de protección.

Entonces, la reconocieron y sonrieron.

–Parece que alguien ha estado durmiendo en mi cama –bromeó, provocándoles risas–. Y todavía siguen en mi cama.

A continuación emitió un rugido y se echó sobre ellas para hacerles cosquillas. Las niñas rieron y gritaron divertidas, en claro contraste con las protestas de la noche anterior.

Olivia se sentó en la cama. El príncipe regresaría pronto y las niñas tenían que estar preparadas para conocerlo. Seguramente informaría al rey y la reina, y querrían conocer a sus nietas. Sería un día excitante para las pequeñas, y Olivia quería que estuvieran preparadas.

–Hoy vais a conocer a mucha gente nueva –les dijo–. No tenéis nada de qué asustaros.

–¿Una fiesta?

–Algo así.

–¿Una fiesta de cumpleaños?

–No.

–Es lo que dijo mamá –dijo Bethany.

Al mencionar a su madre, las niñas recordaron que estaba muerta. Olivia vio temblar el labio de Karina y se apresuró a distraerlas.

–¿Tenéis estos años? –preguntó, mostrándoles dos dedos.

Las pequeñas sacudieron la cabeza.

–Tenemos estos –dijo Bethany, mostrando uno solo.

–Sois muy mayores para tener solo uno. Seguro que pronto será vuestro cumpleaños.

–Quiero un poni –afirmó Bethany con rotundidad.

–No eres lo suficiente grande para un poni.

–Yo, un perrito –intervino Karina, hablando por primera vez.

–Un poni –repitió Bethany–. Mamá lo dijo.

–Tal vez haya algún poni en los establos.

–Vamos –dijo Bethany.

Karina sacudió la cabeza.

–Un perrito.

–No, es demasiado temprano para ir a los establos. Tenemos que vestirnos y desayunar. Luego, tenemos que organizar vuestra habitación.

–¡No! –exclamó Karina asustada, abriendo sus enormes ojos verdes.

Al instante, Olivia cayó en la cuenta.

–Tranquilas, esa horrible mujer ya no está. Alguien mejor cuidará de vosotras.

–Quiero quedarme aquí.

Bethany tenía un tono autoritario muy adecuado para una princesa.

–Me temo que no puede ser.

–¿Por qué no?

–Esta es mi cama y ocupáis demasiado espacio.

–Dormíamos con mamá.

De nuevo, volvían a hablar de Marissa, y Olivia temió que volvieran a ponerse tristes, pero enseguida empezaron a saltar en la cama y a reírse.

Se quedó observándolas. Ante ella, se abrían nuevos retos con los que no contaba. No solo iba a convertirse en esposa y princesa, también iba a tener que asumir el papel de madre.

Mientras las niñas saltaban en la cama y corrían por la habitación y el cuarto de baño, Olivia oyó que llamaban suavemente a la puerta. Pensando que era Libby, abrió la puerta. Para su sorpresa, allí estaba Gabriel, muy guapo y elegante con un traje gris de rayas, camisa blanca y corbata granate.

–Espero que no sea muy temprano –dijo entrando en la habitación.

Su mirada se detuvo al reparar en su pelo y en su camisón de seda.

Varias doncellas lo seguían, una de ellas empujando un carro con varios platos cubiertos que desprendían un olor apetitoso.

Olivia se atusó el pelo, consciente de que no tendría buen aspecto después de haber pasado la noche en blanco. Ni siquiera se había cepillado los dientes todavía.

–No, claro que no. Debes de estar deseando conocer a las niñas.

–Así es –replicó, sus ojos dorados mirando ansiosos por detrás de ella.

Olivia sintió que el corazón le daba un vuelco. Debía de estar pensando en su madre. Con el corazón encogido, dirigió su atención a las gemelas.

–Bethany, Karina, venid a conocer a…

Se detuvo al no saber muy bien cómo presentar al príncipe.

Gabriel concluyó la frase por ella.

–A vuestro padre.

Gabriel sintió que Olivia, a su lado, se ponía rígida. Desde que dejó su habitación, no había dejado de pensar en cuál sería el paso a dar en relación a sus hijas, y había decidido que no le importaba el revuelo. Iba a reconocerlas.

Olivia les tendió las manos a las niñas y se acercaron a ella. Las presentó de una en una, empezando por la pequeña de su derecha.

–Ella es Bethany y ella es Karina.

Gabriel era incapaz de distinguirlas.

–¿Cómo sabes quién es quién?

–Bethany habla más.

En aquel momento, las dos permanecían calladas. Llevaban camisones iguales y sus expresiones eran idénticas.

Gabriel se arrodilló, convencido de que resultaría menos intimidante si se ponía a su misma altura.

–Encantado de conoceros.

A pesar de que deseaba abrazarlas con fuerza, se mantuvo apartado y esbozó una cálida sonrisa.

–Tenemos hambre –declaró la niña que Olivia había presentado como Bethany.

Su tono imperativo le recordó a su madre.

–¿Qué os apetece de desayuno? –preguntó Gabriel–. Tenemos huevos, tortitas, tostadas…

–Helado.

–Para desayunar, no.

Olivia no puso disimular su asombro. Con aquella expresión divertida de sus ojos azules, pasaba de ser una elegante belleza a una mujer llena de vida. Gabriel no pudo evitar arquear las cejas al percibir que su carisma llenaba la habitación.

–Con *cocholate*.

Las exigencias de Bethany obligaron a Gabriel a centrar su atención.

–Quizá después de comer, si os lo coméis todo.

Gabriel estaba acostumbrado a tratar con duros negociadores, pero no había conocido a ninguno que hubiera mostrado la terquedad de sus hijas.

–Quiero helado.

–¿Qué te parece unos gofres con sirope? –preguntó, tratando de dulcificar sus palabras con una sonrisa.

Las gemelas ni se inmutaron.

–Olivia.

El tono lastimero de Bethany resultaba enternecedor, y Gabriel tuvo que hacer un esfuerzo por contener una sonrisa.

–No –dijo Olivia sacudiendo la cabeza–. Ya has oído a tu padre. Él sabe lo que es mejor.

Luego, acompañó a las niñas hasta la mesa en la que una doncella había dispuesto el desayuno y las hizo sentarse.

–No hay tronas, así que vais a tener que poneros de rodillas. ¿Podéis?

Las gemelas asintieron y Gabriel separó la silla que había en medio y se la ofreció a Olivia, que negó con la cabeza.

–Será mejor que pases un rato a solas con ellas. Yo iré a ducharme y vestirme.

Y con una última sonrisa hacia las pequeñas, se fue al cuarto de baño.

Después de que la puerta se cerrase, Gabriel dedicó toda su atención en las gemelas.

–¿Ya sabéis lo que queréis comer?

Con sus ojos verdes fijos en él, se quedaron expectantes a la espera de una señal de debilidad. Gabriel se cruzó de brazos y se quedó mirándolas. No iba a dejarse manipular por un par de mocosas.

–Tortitas.

Aquella palabra rompió el pulso y Gabriel le hizo un gesto a la doncella para que sirviera unas tortitas. Apenas tenía apetito, así que se tomó un café y las observó mientras comía, reconociendo a Marissa en sus gestos y comportamiento.

Las niñas dieron cuenta de un par de tortitas y Gabriel se maravilló de su apetito. Entonces, la puerta del baño se abrió y apareció Olivia. Su melena larga y rubia enmarcaba su rostro ovalado con unas suaves ondas. Sus ojos azules resaltaban con la sombra marrón y el rímel que se había aplicado. Llevaba un sencillo vestido en color turquesa que acentuaba su fina cintura y las suaves curvas de sus pechos y caderas. Unas sandalias en color carne le añadían diez centímetros a su metro setenta y acentuaban sus piernas esculturales.

Por unos segundos, Gabriel se quedó sin respiración. Su belleza lo cegaba. El deseo lo consumía. No había imaginado que sentiría aquello cuando le había propuesto matrimonio.

En un mes sería legalmente suya, pero ya no se contentaba con esperar hasta la noche de bodas para tomarla. Tan intenso había sido su deseo la noche anterior, que si las gemelas no hubieran ocupado su cama, le habría hecho el amor.

La fuerza de su deseo le dio un momento de pausa. ¿No había sido esa la sensación que había querido evitar cuando la había elegido? Desear más de lo que era razonable era lo que le había hecho tener problemas con Marissa. Pero el deseo no era amor, y no podía dejar que se convirtiera en obsesión. Debería sentir un deseo sano hacia su esposa. Debía evitar enamorarse profundamente de ella y repetir sus errores del pasado.

Tras su ruptura con Marissa, se había sumido en una fuerte depresión. Aunque sabía que no podían tener un futuro en común, eso no le había impedido enamorarse. Había superado la pérdida de Marissa y no quería volver a pasar por lo mismo.

—¿Café? —preguntó, dejando a un lado sus pensamientos.

Solo necesitaba asegurarse de que podía controlar lo que sentía por ella. Había perdido la cabeza por Marissa y lo que le había quedado eran dos hijas preciosas, pero ilegítimas.

—Sí. Me temo que esta mañana necesito una buena dosis de cafeína.

—¿Ha sido una noche dura?

—El sofá no es tan cómodo como bonito.

—¿Has podido dormir algo?

—Como una hora —respondió, sirviéndose unos huevos revueltos, fruta y un cruasán—. Tu chef de pastelería es sublime. Voy a tener que hacer mucho ejercicio para evitar engordar.

—Quizá después de que les hablemos a mis padres de las niñas, podíamos ir a dar un paseo por el jardín.

—Sería estupendo, pero no creo que haya tiempo. Tengo la agenda llena con los preparativos para la boda.

–Estoy seguro de que si yo puedo delegar el gobierno del país durante media hora, tú puedes dejar que tu secretaria se ocupe de alguno de esos preparativos. No hemos tenido ocasión de conocernos y, a menos de un mes para la boda, creo que deberíamos pasar un rato a solas.

–¿Es una orden, alteza?

Él arqueó una ceja al oír su tono divertido.

–¿Quieres que lo sea?

–Tu madre es la que decide mi horario.

–Me ocuparé de mi madre.

–Un paseo suena muy apetecible.

–Quiero ver ponis –declaró Bethany, interrumpiendo la conversación de los adultos.

–¿Ponis? –repitió Gabriel, mirando a Olivia en busca de una explicación.

–Al parecer, Bethany quiere un poni de regalo de cumpleaños. Le he dicho que es muy pequeña y he pensado que quizá habría algún poni en los establos que pudiéramos visitar.

–No que yo sepa –dijo, y al ver sus gestos de decepción, rápidamente añadió–: Al menos que yo sepa.

Le pediría a Stewart que consiguiese un par de ponis para las niñas. Tanto él como sus hermanos habían aprendido a montar nada más aprender a sentarse. Ariana era la única que seguía montando con asiduidad y Gabriel lo hacía después de las reuniones para aclararse las ideas.

–¿Montas a caballo? –le preguntó a Olivia.

–Cuando voy a nuestra casa de campo.

Sonaron unos golpes en la puerta y la secretaria privada de Olivia apareció, con Stewart pisándole los talones. Ambos tenían una expresión de preocupación y Gabriel supo que la tranquilidad se había acabado.

–Discúlpame un momento –atravesó la habitación y salió con Stewart al pasillo–. ¿Y bien?

–El rey y la reina están de camino hacia aquí. Esperaba ser él el que les diera la noticia.

–¿Cómo se han enterado?

–La llegada de dos niñas en mitad de la noche no es algo que pase desapercibido –respondió Stewart–. Cuando vuestra madre no pudo encontraros, me preguntó a mí.

–Y le has contado toda la historia.

–El rey me hizo preguntas muy directas –explicó Stewart sin sentirse intimidado–. Y jerárquicamente está por encima de vos.

–Ah, Gabriel, estás ahí. Exijo ver a mis nietas de una vez.

La reina avanzaba por el pasillo en su dirección, con su marido al lado. El gesto del rey era tenso. En casi cuarenta años de reinado, nada había alterado a su madre. Pero descubrir que su hijo era padre de dos hijas ilegítimas le provocaba una sensación de disgusto que era incapaz de contener.

–Han pasado por mucho estos últimos días –le dijo Gabriel, pensando en que sus estado de nerviosismo afectara a las niñas.

–¿Se lo has contado a Olivia?

–Sí, anoche. Han pasado la noche con ella después de que se las encontrara huyendo de su niñera.

Los ojos marrones del rey dirigieron una mirada dura a su hijo.

–¿Y cómo se siente tu futura esposa con todo esto?

A pesar de lo diplomáticos que eran sus padres con el resto del mundo, no lo eran tanto con la familia. No solían andarse por las ramas. Claro que nunca antes se habían tenido que enfrentar a algo así.

—Lo que queréis saber es si va a casarse conmigo a pesar de que sea padre de dos niñas de las que no tenía ni idea.

—¿Va a hacerlo?

Al ver el ceño fruncido del rey, Gabriel contuvo su frustración. Por mucho que le molestara que le recordaran su descuido, lo cierto era que se había dejado llevar por la pasión hasta olvidarse del sentido común. Marissa lo había vuelto loso. Nunca había conocido a una mujer como ella y, por eso, su relación había disgustado a sus padres.

Gabriel resopló.

—De momento, eso parece.

—¿Lo sabe su padre? —preguntó el rey.

—Todavía no, pero las niñas van a quedarse a vivir en la casa, así que pronto se correrá la voz.

Su madre parecía hundida.

—¿Crees que *lord* Darcy dará marcha atrás con el acuerdo?

—Olivia cree que no. Está deseando que su hija se case con alguien de la familia real.

—¿Has pensado ya lo que vamos a decirle a la prensa?

—Que son mis hijas —respondió Gabriel—. Emitiremos un comunicado de prensa. Cualquier otra cosa sería un error. Olivia se dio cuenta de los parecidos de inmediato. Son iguales que Ariana a esa edad. Creo que la mejor estrategia es andarse sin rodeos, y espero que así minimicemos el escándalo.

–¿Y si no podemos?

–Lo superaré.

–Lo superaremos –dijo el rey.

–¿Has considerado que Olivia no quiera criar a las hijas de Marissa?

Gabriel ya lo había considerado, pero después de ver a Olivia, había descubierto un lado de ella que sorprendería a muchos.

–Creo que no será problema. Se está mostrando muy protectora con las niñas y confían en ella.

–La reina suspiró y sacudió la cabeza.

–Será maravilloso volver a tener niños en el palacio. Vamos a conocer a tus hijas.

Capítulo Cuatro

Olivia estaba de pie, relajada, al abrirse la puerta para que pasaran los reyes. Libby le había advertido de que venían, y se había asegurado de que las niñas se lavasen la cara y las manos. La llegada de más desconocidos había avivado la timidez de las pequeñas y se escondieron detrás de Olivia.

–Ella es la madre de vuestro padre –les explicó Olivia, dándoles un suave empujón para que avanzaran–. Ha venido a conoceros.

Karina sacudió la cabeza, pero Bethany se quedó mirando a su abuela. La reina se quedó de piedra la ver a la niña y extendió la mano hacia su marido.

–Gabriel, tenías razón. Son exactamente iguales a tu hermana cuando tenía su edad –dijo y, tomando asiento, le hizo un gesto a Bethany para que se acercara–. ¿Cómo te llamas?

Para alegría de Olivia, Bethany se acercó a la reina. Se detuvo a cierta distancia y se quedó observándola.

–Soy Bethany.

–Me alegro de conocerte –dijo, y se volvió hacia la otra niña–. ¿Y tú cómo te llamas?

Bethany volvió a contestar.

–Karina.

–¿Qué edad tienen? –preguntó el rey.

–Cumplirán dos años en una semana –contestó Gabriel.

–Perrito –dijo Karina por fin.

–Te puedo enseñar un perrito, ¿quieres?

La reina sonrió al ver asentir a Karina.

–Mary –le dijo a la doncella que había traído la ropa de las niñas desde su habitación–, vete a buscar a Rosie.

Al cabo de cinco minutos, la doncella regresó con la perrita y las gemelas rieron mientras Rosie les lamía las mejillas.

–Gabriel, ¿por qué no os vais un rato Olivia y tú? Yo me ocuparé de las niñas.

Olivia sabía reconocer una orden cuando la oía, y salió de la habitación con Gabriel y bajaron la escalera.

–Salgamos de aquí un rato mientras podamos –murmuró, abriéndole la puerta para salir al jardín.

A pesar de que era finales de mayo, la luz de la mañana denotaba fresco y Gabriel le ofreció mandar a alguien a buscar un jersey, pero Olivia negó con la cabeza.

–Demos un paseo al sol. Entraré en calor enseguida.

Hizo que lo tomara del brazo y Olivia se deleitó con el placer de sentir la fuerza de su cuerpo al lado mientras paseaban por las sendas de granito.

–Muchas gracias por todo lo que has hecho con las niñas.

–Me rompe el corazón que crezcan sin su madre, pero me alegro de que te tengan.

–Tú nunca conociste a la tuya, ¿verdad? ¿Murió al darte a luz, no?

–Ya veo que ambos hemos hecho averiguaciones.

–He tratado nuestro compromiso como si fuera uno más de mis acuerdos empresariales. Lo siento.

–No importa. Sabía en lo que me estaba metiendo.

Percibió una nota de ironía en su voz y trató de contrarrestarla con una sonrisa.

Gabriel no sonrió.

–No sé si tienes claro en dónde te estás metiendo.

–Eso suena muy misterioso.

Olivia se quedó a la espera, pero el príncipe no añadió nada más.

–Desde este momento, quiero saberlo todo de ti.

Aunque estaba convencida de que pretendía halagarla con aquel comentario, Olivia se asustó. ¿Y si descubría sus problemas de infertilidad? Aunque el problema parecía haberse solucionado, podía enfadarse si descubría que le había ocultado aquel dato tan importante.

–Una mujer tiene que mantener un poco de misterio –dijo mirándolo por encima de sus pestañas–. ¿Y si descubres todos mis secretos y pierdes el interés?

–No se me había ocurrido que pudieras tener secretos –murmuró, como si hablase consigo mismo.

–¿Qué mujer no los tiene?

–Preferiría que no hubiera secretos entre nosotros.

–Después de la sorpresa que te llevaste anoche, entiendo por qué lo dices. Y bien, ¿qué quieres contarme sobre ti?

–¿Yo?

Olivia se alegró de que la conversación volviera a girar sobre él.

–Ha sido idea tuya que nos conociéramos mejor. Creí que querías enseñarme cómo hacerlo.

–¿Qué quieres saber sobre mí?

–¿Por qué me has elegido?

–Por tu preocupación por los asuntos relacionados con la infancia y tu determinación a mejorar las vidas de los niños –dijo Gabriel, y se volvió para mirarla–. Sé que serás una reina que mi país adorará.

–Tu país –dijo con la mirada puesta en los patos del estanque.

En momentos como aquel, le divertía pensar en cuántas mujeres desearían estar en su lugar. Si supieran cómo era su vida, ¿seguirían deseándolo? Casarse con un príncipe podía parecer un cuento de hadas, pero no entendían los sacrificios que conllevaba ni la responsabilidad que suponía.

Pero entrar a formar parte de la familia real de Sherdana le daría la oportunidad de ocuparse de asuntos que le preocupaban y dedicarse a aquellos que necesitaban ayuda, pero que no tenían a quién recurrir. Esa misma semana había tenido la oportunidad de hablar con la directora de un hospital sobre la necesidad de crear un entorno más adaptado a los pacientes más jóvenes. La mujer tenía muchas ideas para mejorar el ala infantil y hacer más agradable la estancia en el hospital de los niños y sus familias.

Olivia estaba entusiasmada ante la posibilidad de ayudar. Sherdana iba a encontrar en ella a una entusiasta promotora de soluciones para niños necesitados y desfavorecidos. Estaba orgullosa del dinero que había recaudado en Londres y había disfrutado cada hora de visita a los niños hospitalizados. Su coraje frente a la enfermedad le resultaba inspirador para seguir ayudando a otros.

Como princesa y futura reina de Sherdana, estaría en la posición perfecta para llamar la atención de la opinión pública en los problemas de la infancia.

—Me esforzaré por no defraudar a nuestro país.

—Sabía que dirías eso.

Las rodillas se le debilitaron al sentir que le acariciaba el pelo y comenzaba a dibujarle círculos en la nuca con los dedos. Luego, la tomó por la barbilla y le hizo girar la cabeza hasta que sus ojos se encontraron. Su corazón se saltó un latido. La deseaba. El calor que se expandía desde su vientre se lo decía y disfrutó de la sensación.

Se quedó embelesada hasta un segundo antes de que sus labios rozaran los de él. Al sentir que el deseo se liberaba, una sensación de alivio se extendió como la pólvora. Deleitándose con los movimientos hábiles de su lengua en la boca, se recostó contra él oprimiendo los pechos contra su torso. Deseaba que los tomara entre sus manos y la hiciera enloquecer.

Tras ellos, alguien carraspeó.

—Disculpadme, alteza.

Gabriel se puso rígido y se separó.

—Seguiremos más tarde —dijo acariciándole el labio inferior con un dedo.

—Lo estoy deseando.

Antes de volverse hacia su secretario, le dedicó una breve sonrisa. Le resultaba difícil mantener la compostura. El beso, aunque había sido interrumpido, tenía todo lo que una mujer deseaba: pasión, destreza, un toque de perversión… Estiró las rodillas y controló la respiración mientras escuchaba la conversación de Gabriel con su secretario.

–Siento haberos interrumpido, pero la prensa ha descubierto a vuestras hijas y *lord* Darcy va a reunirse con los reyes.

Luego, Stewart continuó contándole brevemente lo que se había emitido por televisión aquella mañana.

–¿Cómo se han enterado tan rápido?

Ni siquiera su tono gélido podía hacerle olvidar el calor que persistía en sus labios.

–Quizá haya sido el abogado.

–Lo dudo. No tiene nada que ganar.

–Entonces, alguien del palacio.

–¿Quién pudo enterarse anoche?

–Las doncellas que prepararon la habitación de las niñas –respondió Stewart–, pero llevan más de una década trabajando en el palacio.

Olivia recordó a la que había aparecido en su habitación a las dos de la mañana para estirarle las sábanas. Aquello le había extrañado, pero estaba segura de que el personal del palacio era cuidadosamente seleccionado.

–La niñera –intervino Olivia, convencida de que era ella el origen de la filtración–. La que hice que acompañaran a la salida.

Stewart se quedó pensativo.

–El abogado me aseguró que no le habían dicho quién era el padre de las gemelas.

–Pero eso fue antes de que las trajeran al palacio –dijo Gabriel.

–Lo siento –murmuró Olivia, consciente de que había cometido su primer gran error como prometida de Gabriel–. No debería haberla despedido.

–No era buena cuidando a las niñas e hiciste lo

que consideraste mejor para ellas. Además, iba a ser imposible mantenerlas ocultas mucho tiempo.

Aunque estaba acostumbrada a vivir bajo la atención del público, nunca había sido objeto de atención por parte de la prensa hasta ese punto. Con la boda, todo se complicaría.

–Si nos mostramos unidos –dijo Olivia, sintiéndose su novia por primera vez–, estoy segura de que todo acabará pronto.

Gabriel le tomó la mano y le dio un beso en los nudillos.

–Entonces, eso es exactamente lo que vamos a hacer.

De la mano, Olivia y Gabriel entraron en el salón que más uso tenía por su cercanía al jardín trasero, con vistas al parque que había detrás. Allí se encontraron con Christian y Ariana. Gabriel dirigió su atención a la televisión y escuchó lo que decía el reportero. Por la información que manejaban sobre la llegada de las gemelas la noche anterior, resultaba evidente que alguien desde dentro del palacio se la había facilitado. Gabriel se quedó de piedra al oír al periodista especular acerca de si la familia real de Sherdana habría pagado a Marissa para que se fuera o si las había tenido escondidas todo ese tiempo para evitar que se las arrebataran.

–Nos están pintando como a los malos –comentó Christian–, pero al menos no están diciendo que somos débiles.

Gabriel no contestó a su hermano al ver el rostro de Marissa en la pantalla. Mientras el narrador recordaba su carrera, Olivia se acercó a la televisión como atraída por una fuerza irresistible. La consternación de Gabriel fue en aumento al ver en la pantalla las portadas de su antigua novia en las principales revistas de moda. Sus piernas eran interminables y el rostro muy bello.

Gabriel sabía que sus hijas serían igual de bellas. ¿Seguirían los pasos de su madre en el mundo de la moda? Aunque, ¿era esa forma de ganarse la vida para un Alessandro?

La pregunta obligó a Gabriel a considerar el lugar que sus hijas ocupaban en la familia. Eran ilegítimas y, tras la muerte de su madre, esa circunstancia no podía corregirse. Sintió lástima por Bethany y Karina. A su edad, apenas tendrían recuerdos de su madre. Nunca volverían a sentir su cariño.

Cuando la televisión empezó a mostrar imágenes de Gabriel y Marissa juntos, abrazados y riendo, felices y muy jóvenes, se dio cuenta de que Olivia se había quedado inmóvil. Una tras otra fueron apareciendo fotos que no habían sido tomadas por paparazzi. Algunas habían sido hechas en casas de amigos e incluso había otras de cuando la pareja había estado de vacaciones en una isla privada del Caribe.

La inquietud de Gabriel aumentó mientras la atención de Olivia estaba puesta en las secuencias que recapitulaban sus turbulentos años con Marissa. Además, los periodistas hacían que su relación pareciera más dramática y con un final mucho más trágico de lo que en realidad había sido.

La secretaria de Olivia se acercó a ella y le dijo algo al oído.

–Mi padre quiere hablar conmigo –dijo, colocándose ante Gabriel.

–Te acompañaré.

–Deberías quedarte y pensar qué hay que hacer ahora que se sabe la historia.

Su sugerencia tenía sentido, pero no estaba seguro de que fuera buena idea dejarla sola.

–Me gustaría hablar un momento contigo a solas.

–Tengo una prueba del vestido de boda a las diez. Volveré antes del mediodía.

Una vez más, sus horarios los mantenían distanciados.

–Yo tengo una comida de trabajo con un consejero de educación.

–Quizá Stewart y Libby puedan encontrarnos un rato para que coincidamos esta tarde.

Gabriel quería que así fuera, pero no sabía a qué estaba comprometido el resto de la tarde.

–Esto no puede esperar más. Vayamos a mi despacho para hablar de este asunto en privado.

–Como quieras.

Su tono cortés y calmado no le agradó, y le puso una mano en la parte baja de la espalda para guiarla fuera de la habitación. La rigidez de su columna vertebral evidenciaba un cambio en su estado de humor.

Aunque era inútil arrepentirse del devenir de los últimos acontecimientos, a Gabriel le habría gustado haber tenido un par de meses para establecer con Olivia una conexión antes de que su relación se pusiera a prueba hasta ese punto. Pero ya no era posible. La llevó hasta su santuario y cerró la puerta. Esperaba que pudieran capear el temporal sin sufrir graves daños.

Su despacho estaba en el primer piso del palacio, no muy lejos de la sala de recepciones. Originalmente, aquel espacio era uno de los numerosos salones reservados para los invitados. Cinco años atrás, se lo había apropiado, instalando paneles de madera y estanterías con libros de sus autores favoritos. La estancia era su santuario.

–Estás disgustada.

–Solo estoy preocupada por las gemelas.

Su voz calmada y su comportamiento reservado no eran propios de la mujer apasionada que se había derretido en sus brazos un rato antes. Gabriel sintió que algo en su pecho se encogía.

–Creo que sería una buena idea que estuvieran en la boda. Voy a hablar con Noelle Dubone. Es la diseñadora de mi traje de novia y estoy segura de que podrá hacer unos vestidos a juego para Bethany y Karina.

Gabriel se echó hacia atrás para poder mirarla a los ojos.

–¿Estás segura?

–Completamente. Todo el mundo sabe que existen. Ocultarlas sería un error.

–Estoy de acuerdo. Se lo comentaré a mis padres.

Era evidente que su preocupación por las gemelas era sincera, pero había algo más que la estaba inquietando.

–El reportaje sobre mi relación con Marissa…

–Parecíais muy felices juntos –lo interrumpió Olivia.

–Tuvimos nuestros momentos –dijo Gabriel antes de respirar hondo–. Pero la mayoría del tiempo estábamos discutiendo.

–Se ve que los paparazzi no captaron esos momentos.

Parecía indiferente, pero Gabriel tenía la sensación de que no estaba tan tranquila como quería aparentar.

–Discutíamos en privado.

Y luego, hacían las paces de forma espectacular.

Sus pensamientos debieron de traicionarle, porque levantó las cejas.

Olivia se acercó a las puertas correderas y miró hacia fuera. Gabriel se acercó a ella. Deseaba tomarla entre sus brazos y revivir los besos de un rato antes. Estar cerca de ella ponía a prueba su compostura.

–La pasión pude ser adictiva.

¿Cómo lo sabía?

No le conocía relaciones serias. En su vida no había escándalos ni novios ni amantes.

–¿Lo sabes de primera mano? ¿Has tenido…

–¿Un amante?

Parecía estarse riendo para sí misma. Sus ojos brillaban y su voz tenía un tono cantarín. ¿Lo habría traicionado su expresión con un arrebato de celos infundados o era la forma de reaccionar de Olivia ante la evidencia de que no sabía nada de ella?

Gabriel la obligó a volverse hacia él, pero ella evitó su mirada.

–¿Lo has tenido?

–No –respondió sacudiendo la cabeza–. Serás el primero.

El deseo estalló al encontrarse con su mirada. Loco de satisfacción porque fuera a ser suya, Gabriel perdió contacto con su lado más racional. Decidido a dejarse llevar por el deseo de besarla y demostrarle lo adictiva que podía llegar a ser la pasión, tomó su rostro entre las manos y acercó sus labios a los de ella.

Le mostró un pequeño anticipo de su pasión, pero fue suficiente para debilitar su contención. Con la respiración pesada, apoyó su frente en la de ella y buscó su mirada.

–Y único.

–Por supuesto.

Su tono realista le hizo darse cuenta de lo rápido que había perdido el control. Apartó las manos, pero aun así siguió sintiendo el calor de su piel. Las frotó con fuerza, decidido a borrar aquella sensación.

La necesidad de pasar más tiempo con ella se había convertido en una urgencia. Le preocupaba que con todo el revuelo que la llegada de las gemelas había causado, su padre cambiara de opinión y no dejara que su hija se casara con él. Ni boda, ni planta de biotecnología a las afueras de Caron, la capital de Sherdana. Tenía que cubrirse las espaldas.

Mientras ella quisiera casarse con él, todo seguiría conforme a lo planeado. Tan solo tenía que convencerla de que casarse con él era una buena idea, y sabía que la única manera de convencer a una mujer no tenía nada que ver con la lógica.

Sería suficiente con pasar un tiempo a solas los dos. Así tendría la oportunidad de demostrarle una muestra de su afecto. Hasta el momento, el único regalo que le había hecho había sido el anillo de compromiso. Debería haberle regalado algo a su llegada a Sherdana, pero había tenido otras preocupaciones. Y, siendo sincero consigo mismo, no había considerado a Olivia como su futura esposa, sino más bien como el paso necesario para reflotar la economía de Sherdana.

–Pediré que nos sirvan la cena en mi suite.

–Lo estoy deseando –dijo Olivia con una expresión indescifrable.

Uno de los motivos por los que Gabriel la había elegido era porque sabía mantener la compostura con la prensa. En aquel momento, no se alegraba tanto de no poder adivinar sus pensamientos.

Al poco de que se fuera, Gabriel llamó a Stewart y le pidió que organizara sus reuniones de aquella mañana para poder ver al joyero. Media hora más tarde, entró en el salón de recepciones en donde el señor Sordi le esperaba con dos urnas de piedras preciosas. De entre la amplia selección, Gabriel acabó eligiendo una pulsera, convencido de que el diseño de flores con diamantes y zafiros le agradaría.

Una vez resuelto aquel asunto, Stewart acompañó al joyero a la salida mientras Gabriel guardaba la pulsera en su caja fuerte. Escribió una nota a Olivia invitándola a cenar y le pidió a una doncella que se la llevara. Luego, se fue a su comida con el consejero de educación, pero no pudo dejar de pensar en la velada que le esperaba.

Tras una breve conversación con su padre para asegurarle de que ya sabía de las gemelas y que estaba encantada de que fueran a vivir con su padre, Olivia fue a cambiarse de ropa , pero acabó en el balcón de piedra de su habitación, contemplando el jardín. Recordaba vagamente la euforia de aquellos apasionados momentos en brazos de Gabriel.

Olivia sintió que el corazón se le encogía. Llevada por la dulce sensación de besar a Gabriel en un jardín tan bonito, había estado al borde de hacer cosas en público que nunca había hecho en privado. Inconscientemente, había empezado a pensar en el amor, pero en realidad se estaba embarcando en un matrimonio de conveniencia.

Las imágenes que había visto en televisión de

Gabriel con la madre de sus hijas habían complicado sus emociones y le asaltaban un montón de preguntas.

¿Habría pensado en Marissa al besarla? ¿Desearía que no hubiera muerto la mujer a la que había amado, o que le hubieran permitido casarse con ella? Marissa era la fantasía de cualquier hombre: vivaz, sexy. ¿Cómo iba a poder competir con ella?

No podía.

Pero no iba a casarse con Gabriel porque la amara. Iba a casarse con él porque como princesa, su mensaje de ayuda a los niños llegaría más lejos y podría hacer realidad su sueño de ser madre. Sus hijos serían la próxima generación de Alessandros. Aun así, le había dolido ver a Gabriel absorto en la pantalla mientras mostraban imágenes de su antigua amante.

De repente, no estaba segura de poder hacer aquello. Contuvo la respiración y bajó la vista al anillo de compromiso. Había ido a Sherdana a casarse con un príncipe, no con un hombre, pero después de saborear la pasión y darse cuenta de que quería más, no estaba segura de poder casarse con un hombre cuyo pasado le perseguía.

Un hombre que todavía seguía enamorado de la madre de sus hijas ilegítimas.

Quizá aquel matrimonio no estaba destinado a producirse.

Pero había mucho en juego y quedaba menos de un mes para la boda. Había mucha gente que contaba con los empleos que la compañía de su padre llevaría a Sherdana. En menos de una hora, tenía una prueba del vestido de novia. Miró el reloj de oro de su muñeca, el reloj que había sido de su madre.

Un rato más tarde, Olivia se bajó del coche que las había llevado a ella y a Libby a la pequeña tienda del centro histórico. Dejó a un lado la angustia que sentía, negándose a pensar en algo sobre lo que no tenía control. Como hija de su padre era pragmática y sabía que no la llevaba a ninguna parte soñar con enamorarse de su príncipe y vivir feliz para siempre.

La puerta de la tienda rechinó al entrar Olivia. Unos grandes ventanales permitían que la luz bañara la pequeña y elegante recepción. Las paredes estaban pintadas de un suave color champán, a juego con el suelo de mármol. Había un sofá dorado de damasco flanqueado por unas butacas. Sobre la mesa de centro había una carpeta con una selección de trabajos de Noelle Dubone. Sus clientas más famosas no estaban en la carpeta, pero sí en las paredes: actrices, modelos, empresarias, todas ellas con fabulosos vestidos de Noelle.

Apenas se había cerrado la puerta, Noelle apareció para darle la bienvenida.

–*Lady* Darcy, qué placer volver a verla.

Noelle tenía un ligero acento italiano. Aunque Sherdana hacía frontera con Francia e Italia, el idioma oficial era el italiano. Con su pelo oscuro y sus ojos marrones, podía ser de cualquiera de los países, pero por conversaciones anteriores, Olivia sabía que los orígenes de la diseñadora se remontaban hasta el siglo XVI.

–Yo también me alegro de verla –replicó Olivia.

Le había resultado sencillo elegirla para que le hiciera un vestido. Aunque sus amigas de Londres le habían aconsejado que se decantase por un diseñador más conocido, Olivia había preferido a Noelle. Además, era de Sherdana. Tenía sentido que apoyara al país del que pronto sería princesa, sobre todo teniendo en cuenta las dificultades de la economía de Sherdana en los últimos años.

–Tengo aquí el vestido –dijo Noelle acompañándola al vestidor.

Para sus clientas más famosas, la diseñadora solía viajar para hacerles las pruebas. Le habría llevado el vestido al palacio si Olivia se lo hubiera pedido. Pero a Olivia le gustaba la tienda y no quería saber la opinión de nadie más que la de ella.

El vestido que la esperaba era tan bonito como el que había visto en los bocetos. Era el que más le había gustado de la media docena que Noelle le había mostrado unos meses atrás.

Con la ayuda de las asistentes de Noelle, Olivia se puso el vestido. Ante un espejo de tres caras, se quedó mirando su reflejo y le asaltó la emoción. Era perfecto.

Desde el corpiño hasta los muslos, el vestido se ajustaba a las curvas de su cuerpo. Justo encima de las rodillas, la falda se abría en una pequeña cola. De organza de seda y con bordados, la belleza del vestido estaba en sus líneas sencillas y en la riqueza del material. Aunque Noelle lo había diseñado sin mangas, Olivia le había pedido que le pusiera tirantes en los hombros.

–¿Qué tiene pensado para el velo? –preguntó Noelle.

–La reina va a dejarme la tiara que se puso el día de su boda –contestó Olivia–. No estoy segura de querer llevar velo con ella.

–Bien. Cuando diseñé el vestido, no me lo imaginé con velo.

Noelle dio un paso atrás para admirar el resultado de su trabajo.

–Ha perdido un poco de peso desde que le tomamos las medidas. Hay que meter un poco la cintura.

Olivia se giró para ver cómo quedaba la pequeña cola del vestido.

–Trataré de no recuperarlo antes de la boda.

Durante la siguiente hora, Noelle y su equipo se esmeraron en pequeños detalles. A Olivia le pareció que el vestido le quedaba bien tal y como estaba, pero era evidente que Noelle era muy perfeccionista.

–Tengo otro proyecto del que me gustaría hablarle –le dijo Olivia a Noelle mientras esta entregaba el vestido a una de sus asistentes.

No había dejado de darle vueltas a la idea de que las gemelas participaran en la boda. Aunque a Gabriel la idea no parecía disgustarle, no estaba segura de cómo iba a reaccionar su familia. Después de lo que habían visto en televisión acerca de la llegada al palacio de las gemelas, ocultarlas al público sería imposible a la vez que contraproducente.

–Vamos a mi despacho –dijo Noelle–. Cuénteme qué tiene en mente.

Mientras se tomaba el café que la secretaria de la diseñadora les había servido, Olivia decidió hablarle sin más rodeos.

–¿Ha visto las noticias esta mañana?

–¿Acerca de las hijas del príncipe Gabriel? La familia real nunca ha dado carnaza a la prensa en los últimos años. Me temo que darán una gran cobertura a este asunto, estando además tan cerca la boda.

–Ya sabe que lidiar con la prensa es uno de los gajes del oficio –observó Olivia.

–Yo solo diseño para las estrellas, pero no soy una de ellas.

–Se está haciendo un nombre. No se sorprenda cuando despierte tanto interés como sus clientas.

–Espero que eso no ocurra. Me gusta llevar una vida tranquila.

Noelle acarició un marco de plata que tenía sobre su escritorio, con la foto de un niño.

–¿Es su hijo?

–Sí, es Marc. Tenía dos años en esta foto, la misma edad que las hijas del príncipe.

–Es muy guapo. ¿Cuántos años tiene ahora?

–Casi cuatro.

Olivia no quiso preguntar acerca del padre. Sabía que Noelle no estaba casada y temía despertar malos recuerdos si preguntaba algo.

–Quisiera que las hijas del príncipe Gabriel participaran en la boda y me gustaría que diseñara unos vestidos para ellas.

–Prepararé algunos bocetos y se los enviaré al palacio. ¿Tiene preferencia por algún color?

–Blanco y amarillo para ir a juego con el vestido de la princesa Ariana.

–Me pondré a ello de inmediato.

Al oír unos golpes, ambas mujeres se volvieron hacia la puerta y la secretaria de Noelle apareció.

–Solo quería avisar de que hay prensa fuera.

Aunque el anuncio de su compromiso con Gabriel había sido recogido por la prensa inglesa, la futura princesa de un país pequeño no interesaba en aquel país. Sin embargo, en Sherdana, la historia era muy diferente. Sus ciudadanos estaban muy interesados en ella.

Cuando salió a la recepción de la tienda de Noelle, comprendió la preocupación de la secretaria. Al menos un centenar de personas esperaban en la calle, muchas de ellas con cámaras. Seguramente, no todas eran periodistas. David, su chófer, y Antonio, el hombre que Gabriel había asignado para que la acompañara donde fuera, habían llamado a otros cinco miembros del personal de seguridad para formar un pasillo de seguridad desde la puerta de la tienda al coche.

Olivia miró a Libby.

–Creo que la vida tal y como la he conocido ha llegado a su fin –dijo, y luego se volvió a Noelle–. Muchas gracias por todo. El vestido es perfecto.

–De nada.

Olivia se cuadró de hombros y se dirigió a la puerta. Noelle se la abrió.

–*Bon courage.*

–Olivia, ¿cómo lleva el descubrimiento de las hijas ilegítimas del príncipe?

–*Lady* Darcy, ¿puede confirmarnos si la boda sigue en pie?

–¿Cómo se siente ante la perspectiva de criar a las hijas de otra mujer?

–¿Cree que el príncipe se había casado con Marissa si hubiera podido?

Las preguntas no dejaron de lloverle mientras se dirigía al coche. Olivia no dejó de sonreír y saludar, pero no contestó a ninguna. Una vez el coche arrancó, se dio cuenta de que estaba conteniendo el aliento.

–Estoy bien.

–No parece muy contenta.

–Solo estoy cansada. Las gemelas durmieron en mi cama y no pude descansar en el sofá, eso es todo.

La excusa pareció tranquilizar a la secretaria y le dio a Olivia la oportunidad de reflexionar sobre las últimas veinticuatro horas. Aunque era consciente de que Gabriel se casaba con ella por interés, había llegado a creer que podría sentir algo por ella. Mientras se besaban en el jardín, había empezado a pensar que en su futuro podía haber pasión y romanticismo.

Pero las fotos de él junto a Marissa que la prensa había estado mostrando aquella mañana, le habían hecho despertar. Lo suyo había sido amor. Olivia miró por la ventana hacia el casco antiguo.

Necesitaba tiempo para acostumbrarse a la idea de compartirlo con un fantasma.

Capítulo Cinco

Cuando Olivia volvió a su habitación después de la prueba, se encontró con la invitación y una pequeña caja envuelta con un lazo. Con el corazón acelerado, abrió el sobre y reconoció la letra de Gabriel.

Una cena tranquila, a solas los dos, en su suite. Se llevó el papel al pecho y respiró hondo para calmar un repentino ataque de nervios. Excepto por un rato la noche anterior y otro esa misma mañana, no habían estado a solas nunca. ¿Pretendía seducirla? Eso esperaba, pero ¿qué debía ponerse? ¿Algo recatado a juego con su experiencia sexual o algo que dejara al descubierto su piel y que le invitara a acariciarla?

Su temor a que no la encontrara atractiva se había disipado con el beso de aquella mañana. Pero estaba acostumbrado a tratar con mujeres con mucha más experiencia de la que ella tenía.

Dejando a un lado aquellas preocupaciones, tiró del lazo azul que rodeaba la caja. Sus dedos se aferraron a la tapa mientras saboreaba la emoción que le provocaba el primer regalo de Gabriel. Por la forma de la caja, sabía que sería una pulsera.

Olivia respiró hondo y abrió la tapa. Sobre el terciopelo negro destacaba una esmeralda de unos tres centímetros de ancho por cinco de largo que dominaba el diseño. El resto de la banda era de diamantes. Aunque era moderna y atrevida, no era el tipo de joya que se pondría, pero no podía criticar el gusto de Gabriel.

Se puso la pulsera por la muñeca, a pesar de la desilusión que sentía de que no hubiera elegido algo de su gusto. Mientras contemplaba los brillos, no pudo evitar pensar que le resultaba familiar. Era una pieza única, pero estaba segura de que la había visto antes. Pero ¿dónde? Dejó a un lado aquellos pensamientos al llegar Libby para ayudarla a elegir el atuendo perfecto a juego con el extravagante regalo de Gabriel.

A media tarde subió a la habitación de las niñas, que estaban deseando ir a los establos. Apenas hizo caso a lo que Bethany le contó por el camino. Le costaba pensar en algo que no fuera la cena con Gabriel y sus esperanzas de que pudieran olvidarse de Marissa y comenzar su vida juntos. Compararse con la antigua amante de Gabriel solo traería problemas. Tenía que poner toda su atención en mantener la mente de Gabriel en el presente.

Mientras un par de mozos llevaban a Bethany y a Karina a ver los ponis que su padre había comprado, Olivia paseó por los establos, acariciando algún que otro hocico, perdida en sus pensamientos. La calma que se respiraba le dio la oportunidad de revivir los momentos vividos aquella mañana en el jardín.

La sangre caliente fue descendiendo lentamente hasta la zona de su entrepierna, aquella que el apasionado beso de Gabriel había despertado. Apoyó la espalda en uno de los establos y cerró los ojos para revivir sus caricias por la espalda y las caderas. Había deseado que tomara sus pechos entre las manos. Nunca había sentido nada parecido. Había estado a punto de pedirle que la tocara por todas partes. Había sido su maestro y ella, una estudiante muy dispuesta.

Solo con recordarlo, la respiración se le aceleraba. ¿Cómo era posible que se excitara tanto solo de pensar en Gabriel?

–¿Está bien?

Olivia abrió los ojos. Uno de los mozos la miraba preocupado.

–Sí –respondió sonriendo tímidamente–. Estoy bien.

Fuera se oían las risas de las niñas. Olivia se apartó de la pared y fue a buscarlas. En el patio y ante la atenta mirada de los mozos que se habían hecho cargo de ellas, cada una estaba sobre una plataforma de montar con el fin de acostumbrarse a los ponis.

Olivia contuvo el nerviosismo que le producía ver a las niñas, pero enseguida se calmó. Aquellos ponis habían sido elegidos por su carácter dócil. De no haber sido así, la inquietud de las gemelas los hubiera sobresaltado.

Bethany fue la primera en ver a Olivia.

–Mi caballo se llama Grady –dijo con voz excitada mientras se abrazaba al cuello del poni.

–El mío Peanut.

El capataz se acercó a Olivia.

–Serán unas estupendas amazonas.

–Creo que tiene razón.

–¿Quiere ver la montura que su alteza ha elegido para usted?

No se le había ocurrido que Gabriel le regalaría un caballo después de que le contara lo mucho que disfrutaba montando en Dansbrooke.

–Por supuesto.

–Es una yegua. Tengo entendido que participaba en competiciones. Ya verá lo buena saltadora que es.

Apenas había acariciado el hocico de la yegua, las gemelas se acercaron después de que hubieran terminado con sus ponis.

Olivia decidió que ya habían tenido suficiente por un día y se despidió de los mozos de cuadra. Después de dejar a las niñas en su habitación con unas doncellas, volvió a su habitación para ducharse y vestirse.

Olivia se tomó su tiempo para arreglarse. Probó varios peinados hasta que se decidió por un moño despeinado para el que solo necesitaba un par de horquillas. El vestido que había elegido era un sencillo modelo negro con los brazos al descubierto y que parecía recatado por delante, pero que tenía un amplio escote en la espalda.

Una sensación de nerviosismo fue apoderándose de ella mientras se subía la cremallera del vestido y se ponía unos sencillos pendientes de diamantes. Después de las medias, se puso unos elegantes zapatos de piel.

Al mirarse en el espejo, se sintió confiada. Solo le quedaba una cosa por hacer: fue hasta su joyero y se puso el brazalete. Libby le ayudó a abrochárselo.

–¿Todo esto por mi hermano? –preguntó Ariana, entrando en la habitación tras llamar a la puerta.

Olivia sintió que las mejillas le ardían.

–¿Crees que le gustará?

Ariana sonrió.

–¿Cómo no va a gustarle? –dijo, y reparó en el brazalete–. ¿De dónde has sacado esto?

–Gabriel me lo ha mandado –contestó Olivia, preocupada–. ¿Por qué?

Parecía que Ariana hubiera visto un fantasma.

–¿Te lo ha mandado Gabriel? No lo entiendo.

–¿Conoces esta joya? Está maldita, ¿verdad? –preguntó Olivia, sintiendo que el corazón se le encogía.

–Algo así.

–Cuéntamelo.

–No es asunto mío.

No estaba dispuesta a dejar que Ariana se fuera sin darle una explicación.

–Si hay algo que no va bien, necesito saberlo.

–De verdad, no debería haber dicho nada –dijo Ariana, dirigiéndose hacia la puerta–. Estoy segura de que todo va bien.

Olivia no solía dar rodeos, sobre todo cuando algo no le agradaba, y era evidente que había algo en aquel brazalete que la disgustaba.

–¿Qué quieres decir con que todo va bien? ¿Por qué no iba a ser así? ¿Por qué no quieres contarme nada del brazalete?

Olivia tomó a Ariana de la muñeca. Sorprendida, su mirada viajó desde el brazalete de la mano que la estaba sujetando a los ojos de Olivia.

–No quiero disgustarte.

–¿Y crees que así vas a convencerme para que deje que te vayas sin contarme la verdad? Cuéntame qué tiene esta pulsera que tanto te disgusta.

Olivia tiró de su futura cuñada hasta las butacas que flanqueaban la chimenea y la hizo sentarse.

La princesa suspiró y miró a los ojos a Olivia.

–La última vez que vi esta joya fue la noche antes de que Gabriel rompiera con Marissa.

Aquello le produjo un dolor más intenso que el que había sentido aquella mañana después de ver en televisión las fotos de Gabriel con Marissa.

–Se lo compró a ella.

–Sí, para su segundo aniversario.

Sintió que el platino le ardía en la piel como si fuera un ácido y buscó el cierre. El entusiasmo por cenar a solas con Gabriel aquella noche fue sustituido por una desesperación desgarradora. ¿El primer regalo que le había hecho había sido el brazalete que había comprado para celebrar dos años con Marissa?

Abrió el cierre de la pulsera y dejó que cayera sobre la repisa de la chimenea. Luego, se sentó en la butaca frente a Ariana.

–¿Cómo es que la tenía?

–No lo sé. Quizá se la devolvió cuando rompieron.

Olivia se sentía enferma. No solo le había dado una joya que había comprado para otra mujer, sino que era un regalo devuelto.

–Estaba segura de que lo había visto antes –murmuró.

Ariana se echó hacia delante y puso la mano sobre la de Olivia.

–Estoy segura de que hay un malentendido. Quizá me esté equivocando de brazalete.

–El malentendido es mío. Pensé que esta noche sería el comienzo de algo especial entre nosotros –dijo, y sonrió con amargura–. Se me había olvidado que nuestro matrimonio es un acuerdo empresarial.

–No creo que eso sea así. He visto cómo Gabriel te miraba esta mañana. Estaba preocupado por cómo reaccionarías ante la llegada de las gemelas y el escándalo que la noticia provocaría.

–Lo que le preocupa es perder el acuerdo con mi padre.

–Sí, pero es mucho más que eso. Tenía otras opciones para reflotar la economía de Sherdana y te eligió a ti.

Ariana había pronunciado aquellas palabras con convicción, pero Olivia sacudió la cabeza. Deseaba tirar la pulsera al fondo del mar. Se sentía traicionada, aunque no tenía derecho. Se iba a casar con Gabriel porque era guapo y honrado, y porque algún día se convertiría en reina. Sus razones para elegirlo no eran mucho más románticas que las suyas.

–Pídele que te hable sobre cuando os conocisteis.

–¿En la fiesta de la embajada de Francia?

Olivia recordaba su breve y formal conversación, tan diferente a la de esa mañana.

–Antes de eso.

–No nos habíamos conocido antes –dijo Olivia sacudiendo la cabeza.

–Sí, pero no te acuerdas.

¿Cómo era posible? Cada vez que lo tenía cerca, se le hacía un nudo en el estómago y su cuerpo ansiaba sus caricias. Sus labios junto a los de ella la convertían en una criatura irracional de deseos turbulentos y emociones desenfrenadas. Si se hubieran conocido antes, se acordaría.

–Tu hermano no pasa desapercibido –replicó–. Estoy segura de que te equivocas.

–Pregúntale.

Abrumada por la incertidumbre, Olivia bajó la mirada a su vestido y sintió una brisa fresca en los brazos y la espalda. Se había vestido para seducir a Gabriel. Quería sentir sus manos donde ningún hombre había estado. Incluso después de saber que le había dado el brazalete que había sido de su antigua amante, lo deseaba. Estaba ansiosa. Había pasado una hora en la bañera acariciando su piel desnuda, imaginándose a Gabriel haciendo lo mismo.

–Maldita sea.

Ariana se sobresaltó al oírla.

–Por favor, no te enfades con Gabriel. De eso hace cinco años. Apuesto a que ni siquiera se acuerda del brazalete.

–Tú sí te acordabas.

–Soy una mujer. Tengo mucho ojo para los detalles. Gabriel es un hombre. Ellos no se fijan en cosas como la moda. Ahora que si te diera un par de cuernos de algún animal que hubiera cazado, sí se acordaría.

Olivia se dio cuenta de que Ariana estaba intentando animarla, pero el daño ya estaba hecho. Estaba tan enfadada con Gabriel como consigo misma por ser una estúpida y no haberse dado cuenta antes de que nunca habría accedido a casarse si no hubiera sentido antes algo por él.

Pero era demasiado tarde. Ya estaba enamorada. Lo único que podía hacer era andarse con ojo para no volver a llevarse una decepción.

Gabriel no salía de su asombro mientras se afeitaba por segunda vez en el día y se ponía unos pantalones grises y una camisa negra sin cuello. Lo único en lo que podía pensar era en el error que había cometido con el brazalete que había elegido como primer regalo a Olivia. Por bonita que fuera la joya, debería haber elegido algo más romántico y con historia.

¿Cuándo había dedicado tanto tiempo y energía a elegir un regalo para una mujer? En el caso de Marissa siempre se había decantado por vistosas joyas, cuanto más caras mejor, y su generosidad siempre se había visto recompensada.

Su puso el reloj en la muñeca y miró la hora. Tenía media hora hasta que llegara Olivia para ir a buscar alguna pieza al sótano.

–Tengo que ocuparme de algo –le dijo a Stewart–. Si *lady* Darcy llega antes de que vuelva, sírvele una copa de champán y dile que no tardaré.

Salió de su habitación y se dirigió al sótano, con la mente puesta en el regalo perfecto para su prometida. Tardó diez minutos en encontrar el collar y volver. Stewart seguía solo.

–La cena se servirá a las ocho.

–Perfecto.

Gabriel no tenía ningún interés en darse prisa. Al mismo tiempo, quería disponer de todo el tiempo posible para conocer bien a Olivia.

–¿Has pedido sus platos favoritos?

–Desde luego –contestó, y se volvió hacia la puerta al oír que llamaban–. Debe de ser *lady* Darcy. Le abriré y me iré.

Gabriel sonrió, contento de que estuviera tan ansiosa por empezar la velada como él. Stewart fue a abrir la puerta y sintió que el pulso se le aceleraba. Hacía mucho tiempo que la idea de estar a solas con una mujer no le entusiasmaba tanto. Olivia no era una mujer cualquiera.

Desde Marissa, nadie le había excitado tan rápido e intensamente. Era elegante, estilosa y desenvuelta. No era la clase de belleza exuberante y llamativa que hacía volver cabezas. Ese mismo día había descubierto en ella a una mujer vibrante y sensual, y estaba deseando conocerla mejor.

Junto a la puerta, estaba teniendo lugar una tensa conversación. Gabriel frunció el ceño al ver a una mujer menuda en el pasillo. No era Olivia, sino su secretaria. Aunque sentía curiosidad, no hizo amago de escuchar. Enseguida se enteraría.

La conversación llegó a su fin y Stewart se acercó a él.

–¿Qué ocurre?

–Alteza, *lady* Darcy ha rechazado vuestra invitación.

Estupefacto, se quedó mirando a su secretario. ¿Su invitación rechazada? ¡Increíble!

Estaba deseando pasar la noche a solas con ella.

–¿Está enferma?

–No me ha dado esa impresión.

–¿Qué impresión te ha dado? –preguntó impaciente.

Stewart se cuadró de hombros.

–Que quizá esté molesta con vos.

–¿Conmigo?

Cuando se habían separado aquella mañana, su mirada era ensoñadora. ¿Qué podía haber pasado en las últimas doce horas?

Gabriel salió de la suite y con pasos largos y decisivos recorrió el pasillo hasta la habitación asignada a Olivia. Apenas reparó en la doncella con la que se cruzó al entrar, pero sí vio a Ariana salir de la suite de Olivia.

–Gabriel, ¿qué estás haciendo aquí?

–He venido a llevarme a Olivia a cenar.

Los ojos dorados de Ariana se abrieron de par en par.

–¿No te ha llegado el mensaje? A Olivia no le apetece cenar contigo esta noche.

Se inclinó hacia delante y le dirigió una mirada gélida a su hermana.

–¿Qué le pasa?

–No se siente bien –contestó Ariana, y puso un brazo en jarras.

–Entonces, no sería cortés por mi parte no preguntarle cómo se siente –replicó Gabriel, tratando de sonar calmado–. Hazte a un lado.

Su hermana no se movió.

–Déjalo, Gabriel. Dale un poco de tiempo.

–¿Tiempo para qué?

–Sinceramente, a veces puedes resultar muy insensible.

¿Qué se estaba perdiendo?

–Explícate.

Ariana apretó los labios mientras Gabriel seguía fulminándola con la mirada.

–Lleva todo el día soportando que le restrieguen por la cara tu aventura con Marissa.

Gabriel recordó la cara de Olivia mientras veían la televisión aquella mañana, pero pensaba que ya lo había aclarado todo con ella en su despacho. ¿Por qué se molestaba tanto por algo del pasado? Gabriel hizo a un lado a su hermana y tomó el pomo de la puerta.

–Gabriel…

–Esto no es asunto tuyo, es entre mi futura esposa y yo.

–Muy bien, pero no digas que no te lo advertí.

Con aquellas palabras resonando en sus oídos, Gabriel entró en la suite de Olivia. Un impulso le llevó a echar el cerrojo antes de recorrer la estancia con la mirada. Su prometida no estaba en el dormitorio. Una ligera corriente de aire movía las cortinas de las puertas que daban a la terraza.

Olivia estaba junto a la barandilla, con la vista perdida en el parque del estanque por el que habían paseado aquella mañana. Llevaba un vestido negro con un amplio escote en la espalda. Se había recogido el pelo en un moño alto, dejando al descubierto su nuca. Al ver toda aquella piel desnuda, su cuerpo reaccionó. Siempre había tenido debilidad por la espalda de una mujer. La combinación de delicadeza y fuerza le resultaba muy sensual.

Gabriel apartó aquel arrebato de deseo y recordó la razón por la que estaba allí.

–Se supone que íbamos a cenar en mi suite.

–No me apetece –replicó ella en tono frío, sin molestarse en darse la vuelta.

–Entonces, no estás molesta.

–Por supuesto que no.

No la creía. Por un instante, se preguntó si no estaría tratando de manipularlo con alguna treta femenina. Sonrió ante aquella idea. Marissa era la única mujer que había intentado aprovecharse de él con sus artimañas. Pero rápidamente la había frenado.

Había llegado el momento de parar a Olivia.

–Pensaba que esta mañana te había quedado claro que lo que hubo entre Marissa y yo acabó hace tres años.

–¿Qué tenías en mente para esta noche? –dijo volviéndose hacia él y, por primera vez, vio su expresión de enfado–. ¿Que bebiéramos champán y nos convirtiéramos en amantes o pensabas enseñarme los próximos retos sociales y económicos de Sherdana?

¿Qué le había pasado? Aquella mañana se había derretido en sus brazos, pero en aquel momento, parecía una escultura de hielo. Y todo porque unos periodistas habían sacado una vieja noticia de hacía tres años.

–Quería que pasáramos un tiempo a solas para conocernos mejor, pero no tengo ninguna prisa por llevarte a la cama –dijo, y se acercó a ella–. Pensé que estaba mañana nos habíamos entendido.

–Yo también lo pensé –murmuró.

–Entonces, ¿qué pasa?

–El nuestro es un matrimonio concertado.

–Sí.

Gabriel le deslizó las manos por los costados, acariciándola desde las caderas a los pechos. Supo que la lucha había terminado cuando percibió un cambio en su respiración.

–Pero entre nosotros, no todo tiene que ser negocios –añadió.

–Y no lo es –convino–. Es solo que no sé muy bien qué está pasando.

Así que no era él el único que tenía dificultades para encontrar su camino. Desde la noche anterior, se había sentido atraído por ella sin saber si sentía lo mismo. Ahora que sabía que así era, no estaba dispuesto a permitir que huyera de aquello.

–Hay una fuerte química sexual entre nosotros –dijo, y en tono más suave, añadió–: No lo esperaba.

Su aroma femenino y tentador lo envolvió. De repente, empezó a reparar en detalles que la furia le había impedido ver. Para una mujer que le negaba su compañía, se había vestido con esmero. Inclinó la cabeza y aspiró su olor. Se había echado perfume detrás de las orejas. Sus labios rozaron el sitio exacto y la hizo estremecerse.

–Gabriel, por favor.

Su mano sobre su pecho no iba a disuadirlo, especialmente cuando estaba a punto de conseguir que se rindiera.

–Por favor, ¿qué? –preguntó él–. ¿Quieres que me detenga?

Convencido de que era eso lo que quería, le quitó las horquillas y le soltó el pelo. Las ondas doradas del pelo le cayeron por los hombros.

–Sí –contestó, aunque no sonó convincente.

–Estás mintiendo –insistió–. Y se te da muy mal. Esto es lo que querías cuando te vestiste esta noche –dijo tomándola en brazos–, sentir mis manos sobre tu cuerpo, mi boca en tu piel.

A pesar de su resistencia, hundió la cabeza y empezó a besarla por la mejilla hasta acabar respirando jadeante junto a su oreja.

–Estamos hechos el uno para el otro –afirmó, más convencido que nunca–. Lo sabes tan bien como yo.

Olivia cerró los ojos para ocultarse de él, sin darse cuenta de que no le servía de nada.

–Sí.

Capítulo Seis

Sin vista, sus otros sentidos recobraron vida. La respiración entrecortada de Gabriel era señal de que él también se sentía alterado por la atracción que había entre ellos. Pero ¿era eso suficiente? Hacía menos de una hora que había descubierto que quería más de él, mucho más.

La acarició suavemente por el interior del brazo, desde el codo hasta la muñeca, antes de entrelazar sus dedos y tirar de ella.

–¿Adónde…?

Su mirada encontró la de él y vio en sus ojos un ansia ferviente.

–A la cama, por supuesto –contestó en tono burlón, aunque su expresión era seria.

–¿Y la cena?

Una vez en el interior de la suite, la atrajo hacia él y deslizó una mano por su cadera para estrecharla contra su erección.

–Estoy hambriento y no es de comida –le susurró junto al oído.

Sus labios se acercaron a los de ella y se detuvieron junto a la comisura. Olivia deseaba un beso ardiente y profundo, sin interrupciones. Se puso de puntillas y tomó su rostro entre las manos mientras unía su boca a la de él. Su lengua acarició sus labios mientras estrechaba sus senos contra su ancho pecho, ansiosa por dejarse llevar por aquel deseo.

Gabriel se aferró al vestido por los omóplatos

y tiró con fuerza, desnudándola de cintura para arriba. Luego, sonrió satisfecho y deslizó las manos por sus costillas hasta tomar sus pechos entre las manos.

Ella se arqueó al sentir la presión de sus manos, ofreciéndose a él. Buscó la cremallera, se la bajó y tiró de la tela hasta que el vestido cayó a sus pies, quedándose tan solo con un tanga de encaje blanco y los zapatos de tacón negros. Apartó el vestido a un lado y acarició con los dedos el tanga, decidida a quitárselo. Gabriel le cubrió la mano con la suya.

–Es tu primera vez –dijo en tono suave–. Quiero tomarlo con calma.

–Yo no.

Gabriel esbozó una sonrisa de depredador, lenta y sugerente.

–Me lo agradecerás más tarde.

Y con esas, la levantó del suelo.

La colocó en el centro de la enorme cama y se apartó para despojarse de la ropa. Olivia se incorporó en los codos para observar mejor aquel cuerpo bronceado. Por el poco contacto que habían tenido, sabía que su cuerpo era esbelto y musculoso, pero no estaba preparada para la perfección de su torso, de aquellos anchos hombros y del esplendor de su pecho, que quedaban al descubierto al abrirse la camisa.

Ante su evidente curiosidad, alzó las cejas y se llevó las manos al cinturón. Mientras se desataba el cinturón, se quitó los zapatos. Los pantalones cayeron al suelo y, a continuación, siguieron los calcetines.

Se quedó en calzoncillos, pero los ojos de Olivia se clavaron en el bulto que se adivinaba debajo. Su despreocupada curiosidad lo excitaba y sintió todavía más tensión en la entrepierna. Era todo un desafío hacer de aquella la mejor noche de su vida. Lo curioso era que no se comportaba con el nerviosismo de una mujer virgen.

Se metió en la cama.

–¿Qué es esto?

Gabriel acarició con el dedo un carácter chino junto al hueso de la cadera y los músculos del estómago se le contrajeron.

–Un tatuaje.

¿Su elegante prometida británica tenía un tatuaje? Frunció el ceño.

–¿Qué significa?

–Esperanza.

Dobló la pierna contraria e hizo fuerza con el pie para inclinar la cadera hacia él.

–Me lo hice en la universidad. Fue mi único acto de locura.

Se la imaginó desnudándose para la aguja, bajándose los vaqueros y las bragas. Y la idea de otro hombre tocándola le enfurecía.

Debió de adivinar sus pensamientos por su expresión.

–Me lo hizo una mujer.

Sus hombros se relajaron al oír aquello. Era suya, o más bien, pronto lo sería.

–En ese caso, es muy sexy.

Olivia sonrió. Seguía enfadado a la vez que sorprendido de que no se pareciera a la clase de mujer que pensaba que había escogido por futura reina de Sherdana y esposa.

No le gustaban las sorpresas. Había esperado encontrar gentileza y compostura, no una criatura desvergonzada con la melena despeinada, los pechos desnudos y un tatuaje en la cadera con la palabra «esperanza». Pero una vez descubierta, había encendido su deseo. Había hecho que su imaginación se disparara en un abrir y cerrar de ojos. La vida a su lado no sería aburrida.

Lo cual era un problema. Ya había conocido la pasión, el deseo enloquecido. Lo había consumido y le había hecho olvidarse de lo único con lo que debía pensar un futuro rey de Sherdana: la cabeza. No necesitaba una esposa que le hiciera perder el control. Necesitaba a alguien sensible a su lado y que le ayudara a concentrarse en los asuntos de estado.

Estaba convencido de que Olivia podía ser ese alguien.

Y luego, tras las puertas de su dormitorio, le haría olvidarse de todo excepto de los placeres carnales. Lo mejor de ambos mundos. ¿De qué tenía que preocuparse?

Tomó su pierna y comenzó a acariciarla desde la rodilla hasta el lugar donde se unían los muslos.

–Eso es…

La voz de Olivia se entrecortó al sentir que deslizaba un dedo bajo el encaje que ocultaba su punto húmedo y caliente. Se aferró con fuerza a la colcha y contuvo el aliento ante sus caricias.

–Estás muy húmeda –dijo, encantado con lo excitada que estaba.

–Deja de hablar y acaríciame.

–¿Así?

Le quitó el tanga e hizo lo que le pedía, jugueteando con los pliegues que ocultaban su clítoris. Lentamente dibujó círculos, escuchando sus jadeos y disfrutando del olor de su excitación. Sus caderas se levantaron del colchón, apretándose contra su mano.

Con los ojos cerrados y los nudillos blancos de tanto apretar las sábanas, se dejaba llevar por las sacudidas del placer como cualquier otra mujer que había conocido. Se retorcía contra su mano, desesperada en la búsqueda de su objetivo final. Observó su rostro, atento a cada temblor y sacudida de su cuerpo, mientras la llevaba cada vez más cerca del orgasmo. Ajustó el ritmo y vio cómo su boca se abría y su espalda se arqueaba.

Era lo más sexy que había visto nunca.

Y fue su nombre lo que gritó cuando alcanzó el orgasmo.

Jadeando, Olivia abrió los ojos.

–Ha sido increíble.

–Pues mejora –dijo él sonriendo.

–¿Mejora? No puedo imaginarme que pueda ser mejor que esto.

A Gabriel le gustaban los desafíos.

–Mantén tu opinión una hora más.

–¿Una hora? –repitió–. No creo que pueda sobrevivir tanto tiempo.

Él tampoco pensaba que pudiera, pero estaba decidido a intentarlo.

Le acarició el pelo y la besó. Seguía invadido por el deseo y viendo su ímpetu, se le hacía más difícil mantener el control.

Quería tomarla y hacerla suya. La idea de que era el primer hombre en poner las manos sobre ella lo enloquecía. Deseaba liberar su parte salvaje, pero contuvo el impulso. Lo único que importaba era que su primera vez fuera perfecta y, para eso, tenía que mantener el control.

Olivia levantó las manos y comenzó a acariciarlo, explorando los contornos de sus hombros y espalda.

Gabriel hundió la lengua entre sus labios y saboreó la pasión, absorbiendo sus suaves gritos mientras con los dedos acariciaba sus pechos coronados por sus pezones erectos. Olivia entrelazó las piernas a la de él y sus rizos húmedos mojaron sus calzoncillos.

Se movió contra ella y rompió el beso para tomar su pezón con la boca. Luego, tomó su trasero con la mano y sincronizó el ritmo de sus movimientos. Un gruñido escapó de su garganta al sentir que deslizaba los dedos bajo la cinturilla elástica de los calzoncillos.

Olivia jadeó al primer contacto con la erección de Gabriel. La suavidad de su piel, el acero debajo. Su tamaño le provocó una mezcla de temor y excitación. Era imposible que todo aquello cupiera dentro de ella.

—Está bien —murmuró como si supiera lo que estaba pensando—. Iré despacio para que te hagas a mí poco a poco.

—No eres precisamente pequeño, así que no sé si podrás ir poco a poco —replicó, y volvió a acariciarlo.

Un gruñido escapó de sus labios al sentir que su mano rodeaba su miembro y lo recorría hasta el extremo.

Gabriel le tomó la mano y se la sujetó.

—Como sigas tocándome así, no voy a poder ir despacio.

—Pero me gusta tocarte —dijo ella incorporándose para besarlo en la barbilla.

Deseaba encontrarse con sus labios, pero con su pecho contra el suyo, no podía levantarse tanto.

—Quiero besarte —añadió—. Llevo mucho tiempo deseando esto.

–Entonces, no nos demoremos más.

Gabriel se quitó los calzoncillos y se colocó entre sus muslos. Olivia sintió su erección y contoneó las caderas invitándolo a unir las caderas como ambos tanto deseaban. Tenía toda la atención puesta en aquel hombre imponente y en el placer que solo él podía darle. A pesar de su inexperiencia, sabía muy bien lo que quería. Estaba deseando sentirlo dentro.

–Gabriel, por favor –murmuró.

Olivia se estremeció mientras recorría con su boca todo su cuerpo, lamiéndola, besándola y mordisqueándola. Parecía decidido a explorar cada uno de sus centímetros, cuando lo único que quería era una cosa.

–Tómame.

Su voz suplicante se quebró. Pero tuvo efecto. La besó una última vez junto al hueso de la cadera y colocó la punta de su miembro ante la entrada de su sexo. La sensación era increíble. Levantó las caderas y consiguió que se hundiera un poco en ella.

–Ya llegaremos ahí –murmuró él, enmarcando su rostro entre las manos–. Estás muy tensa. Será mejor que te relajes.

Unió sus labios a los de ella en un ardiente beso, empujó las caderas hacia delante y se hundió un poco más.

Olivia estaba muy nerviosa. ¿Cómo demonios iba a relajarse?

–No sé cómo hacerlo.

El deseo que sentía en su vientre se hizo más intenso mientras contenía el aliento y esperaba a que la penetrara completamente.

–Respira –susurró junto a su oído.

–No puedo.

La mordisqueó en el cuello y ella contuvo un grito. Luego, empezó a lamer el sitio donde acababa de morderla. Olivia abrió la boca, como si acabara de sentir una descarga eléctrica desde donde él tenía la boca hasta allí donde la estaba reclamando de la manera más primitiva. Su cuerpo se estiró mientras se balanceaba sobre ella y se hundía más.

La sensación era increíble. Se concentró en el placer de sentirse llena y sus músculos se relajaron.

–Parece que sí puedo.

–Eso es –dijo apartándose de ella para volver a hundirse de nuevo.

Tuvo que concentrarse para mover las caderas al ritmo que Gabriel marcaba, que resultó ser muy lento. Quizá él tuviera toda la paciencia del mundo, pero ella no. Con su delicadeza no estaba llegando allí donde más lo necesitaba. Así que cuando volvió a comenzar su lenta y tortuosa embestida, arqueó la espalda, empujó hacia delante las caderas y hundió las uñas en su firme trasero, recibiéndolo. Gritaron al unísono.

Gabriel se chupó los labios y poco a poco volvió a enfocar la mirada. Sus facciones habían pasado de la rigidez de la concentración a la sorpresa absoluta.

–¿No quieres que vaya despacio? –preguntó acariciando sus mejillas con ternura.

El cuerpo de Olivia se había ajustado al de él. Le acarició las piernas con las plantas de los pies y deslizó las manos por su espalda.

–Estás tardando mucho.

–Es tu primera vez. Quería ir con cuidado.

–¿Qué pasa ahora?

Los músculos internos se le contrajeron al sentir que apretaba las caderas contra las suyas.

–Observa.

Gabriel comenzó a moverse, atento a sus respuestas. Luego, volvió a embestirla y el placer se intensificó de nuevo. La tomó por las caderas y la ayudó a acoplarse a su ritmo.

Para sorpresa de Olivia, el fuego invadía su cuerpo. El placer se expandía desde su vientre en ondas cada vez más intensas hasta que sintió que estaba al borde de romperse en mil pedazos.

Entonces, comenzó la explosión. Esta vez, a diferencia de la anterior, tenía a Gabriel con ella. Se aferró a él, deleitándose con su fuerza y la intensidad del placer que le proporcionaba.

Contuvo la respiración mientras el éxtasis se apoderaba de ella, detonando con la fuerza de un volcán. Se abrazó a Gabriel y gritó, mientras él aumentaba el ritmo de sus movimientos. Por un segundo, todo se volvió oscuro y entonces oyó su nombre de labios de Gabriel, que la embistió una última vez, contoneándose por la fuerza de su orgasmo antes de desplomarse sobre ella.

Olivia le acarició el pelo con una mano y apartó la otra de su hombro. El pecho de Gabriel subía y bajaba contra el suyo, mientras tomaba grandes bocanadas de aire. Sus corazones latían al unísono, al igual que había ocurrido mientras hacían el amor.

Buscó las palabras, pero nada podía describir las sensaciones de aquel momento, así que permaneció en silencio y dejó que sus dedos hablaran por ella. Acarició suavemente su piel, transmitiéndole su profundo agradecimiento.

–¿Estás bien? –preguntó Gabriel, colocándose a un lado de ella.

La pérdida de contacto con su cuerpo la sacudió como si hubiera recibido un golpe. La conexión que habían tenido, ahora rota, le hizo darse cuenta de lo íntimo que era el acto de hacer el amor. Durante aquellos pocos minutos, no solo lo había tenido dentro de su cuerpo, sino también en su corazón. La había poseído en cuerpo y alma.

–Nunca he estado mejor –replicó, incapaz de ocultar la felicidad en su voz.

Gabriel la atrajo hacia él y le dio un beso en la ceja.

–Ya somos dos –dijo acariciándole el hombro–. ¿Estás segura de que no he sido muy brusco?

–Como no tengo con qué compararte, voy a decir que has sido lo suficientemente brusco.

Dejó de mirar el dosel que tenían sobre sus cabezas y se volvió hacia ella. Por un segundo, apretó los labios hasta que se dio cuenta de que le estaba tomando el pelo.

–Esperaba iniciarte de una manera más civilizada.

–¿Acaso hay una manera civilizada de hacer el amor? Vamos, dímelo –dijo, e incorporándose sobre el costado, deslizó los dedos por su vientre–. O mejor aún, ¿por qué no me lo enseñas?

Gabriel gruñó, tomó su mano y apoyó sus manos entrelazadas en su pecho.

–Compórtate.

–¿O qué?

No tenía ni idea de qué demonio la había poseído, pero de repente se sentía más viva y libre de lo que se había sentido en su vida. Tantos años preservando su virginidad, habían creado una carga explosiva.

Gabriel abrió los ojos de par en par ante aquella sugerencia, pero la tentación estaba ahí. Sus pupilas se dilataron, señal de que estaba excitado, y su erección volvió a aflorar.

Y, sorprendentemente, ella también estaba excitada. ¿Qué le provocaba aquel hombre?

–Me hiciste creer que eras fría y serena –protestó mientras ella se contoneaba hasta acabar con un muslo a cada lado de las caderas–. ¿Qué es lo que te pasa?

Olivia sintió su erección. Se liberó de su mano y le acarició con las uñas el pecho hasta llegar al abdomen. Luego, se echó hacia delante para sonreírle.

–Tú.

La tomó por las caderas mientras ella se colocaba sobre su miembro erecto y lentamente se hundía en él. Luego, ajustó el ángulo para obtener más placer y observó el gesto de placer de su cara.

Se sentó sobre él y saboreó la sensación de que volviera a hundirse en ella. Él tomó sus pechos entre las manos y apretó suavemente, tirando de sus pezones, mientras ella se levantaba él, imitando la lentitud con la que la había torturado antes.

Durante un rato, dejó que controlara la situación y ella agradeció que le diera la oportunidad de comprobar que las sensaciones eran distintas según se echara hacia delante o hacia atrás.

Pero el aprendizaje no estaría completo sin una lección más, y su paciencia no era infinita. Clavó los dedos en sus caderas y alteró su cadencia. Esta vez se hundió en ella más profundamente y sintió que sus uñas le estaban dejando marcas en los hombros. Deslizó una mano entre sus cuerpos y acarició la terminación nerviosa que se ocultaba entre sus calientes labios húmedos. Olivia echó la cabeza hacia atrás y jadeó abriendo la boca, mien-

tras los espasmos sacudían su cuerpo en un torbellino de sensaciones.

Gabriel la embistió con ritmo frenético y dejó
escapar un suspiro de puro placer, mientras Olivia
lo observaba correrse. Jadeando, se dejó llevar por
las sacudidas de su orgasmo, apretando con sus
músculos internos su miembro y dando la bienvenida a la simiente que depositaba en ella.

Durante las dos últimas horas, Gabriel había
estado tumbado junto a Olivia, atento a su respiración profunda, mientras recordaba lo que había
pasado esa noche. Cuando la claridad de la mañana empezó a filtrarse por las ventanas, se levantó
de la cama con cuidado para no despertar a Olivia.
Mientras se vestía, procuró mantener la vista apar-
tada de ella para no sucumbir a la tentación de
volver a la cama y despertarla. Sonrió. Había comprobado al hacerle el amor a Olivia que su vida en
adelante podía ser especialmente entretenida.

Al salir de la habitación se preguntó si lo habría
hecho a propósito, si había provocado la discusión
para acabar haciendo el amor. Era algo que Marissa solía hacer con frecuencia. El sexo con ella había sido ardiente, apasionado, salvaje. Solía dejarle
arañazos en la espalda y mordiscos en los hombros.

Pero aunque habían tenido un sexo increíble,
muchas veces se había quedado con una sensación
de vacío. Tampoco le había dado mayor importancia porque, al fin y al cabo, sus necesidades carnales se veían satisfechas.

Sin embargo, la pasada noche se había dado
cuenta de lo que se había estado perdiendo todos
esos años. Aquel sexo espectacular y la intensa co-

nexión emocional lo habían dejado un tanto alterado. Con su inocente curiosidad y su sensualidad incipiente, Olivia le había llegado al corazón. Era como si fuera la respuesta a una oración que ni siquiera hubiera hecho.

Nunca le había gustado el poder sexual que Marissa tenía en sus delicadas manos, pero menos le gustaba la influencia que Olivia ejercía en sus emociones.

Por eso era por lo que prefería irse a su suite que estar con ella al amanecer.

Una hora más tarde, Gabriel se encontró con Stewart en su despacho del primer piso. Su secretario tenía una taza de café junto al codo y el ceño fruncido.

–Te has levantado pronto –comentó Gabriel, mientras se sentaba en su escritorio.

–Creo que os interesará ver esto –replicó Stewart, tendiéndole un pequeño estuche de joyas.

–¿Qué es eso?

–Cuando la secretaria de *lady* Darcy me dio el mensaje de que no cenaría con vos, me entregó esto. Os marchasteis antes de que lo abriera.

Con un suspiro de impaciencia, Gabriel abrió la caja. El vello se le puso de punta al ver el contenido.

–¿De dónde demonios ha salido esto? –preguntó furioso, mirando el brazalete que le había regalado a Marissa por su segundo aniversario–. ¿Por qué lo tenía Olivia?

Stewart sacudió la cabeza.

–Hablé con su secretaria esta mañana y, al parecer, estaba esperándola en su habitación cuando volvió de la prueba del vestido.

–Con razón estaba tan enfadada –dijo cerrando

el estuche–. Ariana debió contarle que se lo compré a Marissa.

–¿Quién puede haber hecho esto? –preguntó Stewart.

–Fuera quien fuese, quería crear problemas entre Olivia y yo.

Gabriel se recostó en su asiento y entrelazó sus dedos.

–Alguien pudo entrar en su habitación y dejarlo para que lo viera. El personal entra y sale continuamente.

–Eso significa que hay alguien en el palacio jugando un juego peligroso. Ha llegado el momento de llamar a Christian. Este tipo de intrigas le gustan.

Capítulo Siete

Cuando Olivia se despertó, no le sorprendió descubrir que Gabriel se había ido. Echó un rápido vistazo al reloj y vio que pasaban de las ocho. Seguramente llevaba horas levantado. Se incorporó hasta sentarse e hizo inventario de todas las partes doloridas de su cuerpo. Nada que una ducha caliente no pudiera curar.

Un rato después, al salir de la ducha, descubrió que tenía una visita. Gabriel estaba sentado junto a una mesa dispuesta para desayunar. Con las piernas estiradas ante él y una taza de café humeante, no la había visto.

Olivia se apoyó en el quicio de la puerta y se quedó estudiando sus duras facciones y el torso musculoso que se adivinaba bajo el traje azul, la camisa blanca y la corbata granate que llevaba. En aquel momento, su potente energía estaba en calma. Pero Gabriel en estado contemplativo no era menos atractivo que en pleno vigor.

Algún pequeño sonido debió advertirle de su presencia. Se irguió y se acercó a ella con movimientos fluidos y, antes de que se diera cuenta, le envolvió en sus labios y le dio el beso de buenos días que llevaba deseando desde que se había despertado.

El deseo se le disparó al sentir su boca junto a la suya. Sabía a café y a frambuesas, y volvió introducirle la lengua.

102

–Buenos días –dijo él, dando por finalizado el beso, pero no el avance de sus manos por su espalda–. Siento haberme ido sin darte los buenos días.

–¿Por qué no me despertaste?

Olivia apoyó la mejilla en su pecho, disfrutando de los latidos de su corazón y del timbre ronco de su voz.

–Porque habría querido retomar lo que hicimos anoche. Y todo el palacio habría estado despierto para cuando hubiera dejado tu habitación.

Ella rio.

–¿Crees que nadie se ha enterado de lo que pasó anoche?

Siempre había sabido que no tendría intimidad en el palacio, pero enfrentarse a sus padres y hermanos cuando sabía que se enterarían de lo que había pasado entre ellos iba a costarle un tiempo acostumbrarse.

–Quizás, pero preferiría guardar las apariencias hasta que estemos casados –dijo Gabriel sonriendo con picardía–. ¿Tienes hambre?

Olivia lo rodeó por la cintura y le sacó la camisa del pantalón.

–Estoy muerta de hambre.

Gabriel rio y la tomó de las muñecas.

–Me refiero al desayuno. Anoche no cenamos.

–No me acordé de la cena.

No pudo disimular el placer que sentía al dirigirla hacia la mesa y servirle una taza de café.

–No sé lo que te gusta desayunar, así que he pedido un poco de todo.

–Suelo desayunar una tortilla de champiñones y espinacas, pero hoy me apetecen tortitas con mucho sirope.

Para su asombro, Gabriel se ocupó de servirle

personalmente. Olivia apenas pudo concentrarse en el delicioso desayuno bajo el escrutinio de su mirada.

–¿No vas a comer nada? –preguntó.

–Desayuné hace una hora –respondió mirando el reloj–. Las niñas van a montar a caballo por primera vez esta mañana. Creo que deberíamos ir a verlas. Ya le he preguntado a tu secretaria y me ha dicho que estás libre hasta las diez.

Teniendo en cuenta su apretada agenda, Olivia estaba encantada de que Gabriel hubiera hecho un hueco para tan importante acontecimiento.

–Les entusiasmará. Ayer por la tarde las llevé a los establos. Les gustaron mucho los ponis. Creo que van a ser unas magníficas amazonas.

–Tengo algo para ti.

Sacó una pequeña caja del bolsillo y la dejó en la mesa, entre los dos.

Olivia miró el estuche de terciopelo negro sobre el mantel de lino blanco y sacudió la cabeza.

–No lo quiero.

A Gabriel no le sorprendió su negativa.

–No lo sabes hasta que lo abras.

–No tienes por qué darme nada.

–Tengo que explicarte lo del brazalete.

Olivia no quería oír hablar de aquella joya.

–No hay nada que explicar. Era muy bonito. Fue muy descortés por mi parte no aceptar algo a lo que dedicaste tanto tiempo.

Gabriel se recostó en su asiento con expresión impenetrable. Pero sus ojos brillaban como el sol en el agua.

–No sé si sentirme horrorizado o maravillado por tu diplomacia.

Ella mantuvo la mirada baja y el gesto relajado.

Estaba acostumbrada a que se fijaran en ella para adivinar sus reacciones. Había aprendido a controlar sus gestos antes de cumplir catorce años. No le había quedado otro remedio. Su madrastra disfrutaba provocándola. Su padre lo único que quería era que las dos mujeres de su vida se llevaran bien y no dejaba de recordarles lo mucho que las quería a las dos.

–Vas a casarte conmigo por mi diplomacia y mi imagen pública.

–En parte –dijo Gabriel volviéndole la mano para que tomara la caja–. También me caso contigo por tu impecable educación y el hecho de que desde el día que te conocí no he sido capaz de dejar de pensar en ti.

Sorprendida por su respuesta, se quedó mirando el regalo de Gabriel. Nada por caro que fuera era comparable a la sensación de saber que sentía algo por ella.

–Es muy amable por tu parte.

–Volviendo al brazalete, ¿sabes de dónde salió?

–Me lo mandaste tú –respondió confundida.

Él negó con la cabeza.

–Esto es lo que elegí para ti.

–Entonces, ¿de dónde salió el brazalete?

–Eso es lo que quiero saber.

–Entonces, no me regalaste el brazalete de Marissa –dijo aliviada.

–No –dijo muy serio–. Y me preocupa que pensaras que pudiera ser tan cruel.

Olivia abrió la boca, pero no supo qué decir. Desde el día en que bailó con él en la fiesta de la Independencia, su comportamiento había sido estúpido e irracional cuando estaba a su lado. Con las hormonas alteradas y cambiando continuamente de humor, no deberían sorprenderle sus tonterías.

–Alguien del palacio y con acceso a mi habitación me ha gastado una broma de mal gusto.

–Sea quien fuere, no creo que haya sido casual. Es un fallo muy grave de seguridad y tendré que ocuparme de ello.

La rotundidad de su voz igualaba la dureza de su expresión. Después de unos segundos, su gesto se suavizó.

–Por favor, abre el regalo.

Olivia obedeció.

A diferencia del llamativo brazalete que le había dado la noche anterior, aquel collar sí era algo que ella se hubiera comprado. Acarició el aguamarina en forma de lágrima y rodeado por un halo de brillantes enmarcados en platino. Gabriel había elegido una joya única.

–El collar perteneció a mi tía abuela Ginnie. Fue el regalo de compromiso que le hizo su esposo. Creo que antes perteneció a su madre, que lo recibió también como regalo de compromiso.

–Me encanta.

Representaba amor y tradición, y era la prueba de que Gabriel tenía un lado sensible que no había imaginado.

–¿Me ayudas a ponérmelo? –dijo tomando el collar.

Se levantó el pelo y se quedó quieta mientras sentía el roce de sus manos en la nuca. Aquella caricia casual la hizo estremecerse. Una vez sintió el colgante sobre su piel, se volvió y le dio un suave beso en la mejilla.

–¿Es eso lo único que se te ocurre? –preguntó divertido.

–Si hago otra cosa, corremos el riesgo de no salir de esta habitación a tiempo de ver la primera clase de hípica de Bethany y Karina.

La respuesta de Gabriel fue tomar su boca en un beso ardiente. Olivia se recostó contra él, rindiéndose al ardor del deseo que no había acabado de consumirse después de hacer el amor la noche anterior. Al sentir su mano sobre su pecho, sus pezones se endurecieron y jadeó.

–Quizá tengas razón y deberíamos ser cautos –dijo él rompiendo el beso bruscamente.

Y con esas, la tomó en sus brazos y la llevó a la cama.

Al final, llegaron a tiempo para ver a las gemelas en el picadero, dando vueltas sobre sendos ponis mansos, cada una acompañada de un mozo. Aunque ambas estaban disfrutando del paseo, cada una montaba a su manera. Bethany no paraba de hablar compartiendo todos sus pensamientos, mientras que Karina se mostraba más reservada y montaba con más estilo.

No tardaría mucho en acabar la primera clase de las gemelas, por lo que Gabriel se concentró en la mujer que tenía a su lado y en todo lo que había ocurrido en las últimas doce horas.

Desde que había descubierto la facilidad con la que Olivia se excitaba, se había aprovechado de ardiente respuesta y le había hecho el amor con una pasión feroz. El deseo que sentía por ella estaba a punto de volverse incontrolable. No dejaba de repetirse que se debía a la novedad de hacerle el amor a Olivia, pero lo cierto era que su ardor no se calmaba. Incluso en aquel momento, mientras ella sonreía observando los avances de las pequeñas, sentía que la sangre le ardía en las venas.

Le sorprendía cómo se había olvidado de todas sus citas para pasar un tiempo a solas con Olivia, en su suite. Lo mismo le había pasado con Marissa. Se había distraído y obsesionado.

Claro que su relación no había hecho más que empezar. Estaban en ese momento en que todo resultaba fascinante y novedoso. La pasión se consumiría y podían caer en la monotonía. Pero incluso al considerar esa posibilidad, enseguida la rechazó. Además de guapa, Olivia era inteligente y atenta. No se había equivocado al considerarla perfecta, pero había subestimado lo impecable que podía llegar a ser.

—¿Gabriel? —dijo Olivia, sacándolo de sus pensamientos—. Les estaba explicando a Bethany y Karina que no podemos cenar con ellas esta noche.

—Porque tenemos que…

No tenía ni idea qué tenían programado para esa noche.

—Que ir al ballet —concluyó Olivia.

—Eso es.

—Pero quizá podríamos ir a leerles un cuento antes de irnos.

—Por supuesto.

Las niñas gritaron de alegría.

—Creo que es hora de que volvamos al palacio —añadió Olivia, sacudiendo la cabeza mientras las niñas empezaban a protestar.

—Vuestro padre tiene que trabajar.

Gabriel estaba impresionado de lo bien que manejaba a las pequeñas. Las gemelas eran adorables, pero no paraban quietas. Marissa parecía haber hecho un buen trabajo combinando disciplina y cariño, puesto que obedecían bien y no daban muestras del temperamento al que su madre lo tenía acostumbrado. A pesar de que habían perdido a su madre hacía poco, se estaban adaptando muy bien a la vida en el palacio.

Después de dejar a las gemelas al cuidado de dos jóvenes doncellas, Gabriel acompañó a Olivia a su reunión con la planificadora de bodas y se despidió de ella con un beso en la mejilla. Le quedaban quince minutos antes de su primera reunión del día y fue a buscar a Christian.

Su hermano no estaba en el palacio. Tenía una oficina en la ciudad, puesto que prefería trabajar sin distracciones. Gabriel sospechaba que prefería trabajar lejos de sus padres. Tercero en la línea de sucesión al trono, Christian siempre había disfrutado de su libertad. También lo había hecho Nic, que ni siquiera vivía en Sherdana. Se había educado en Estados Unidos y vivía en California.

Gabriel los envidiaba, aunque no se cambiaría por ellos. Había nacido para gobernar y nunca había deseado hacer otra cosa. Pero ser rey tenía un precio. Se debía a la gente de Sherdana y tenía que hacer lo mejor para el país, aunque eso significara dejar a un lado sus propios deseos. Romper su relación con Sherdana era uno de los muchos sacrificios que había hecho por su país, pero había sido el más duro y doloroso.

Por eso se iba a casar con una mujer a la que admiraba en vez de amarla. Aunque lo que había pasado la noche anterior y aquella misma mañana era la prueba de que la vida junto a Olivia no tenía por qué ser difícil.

Sonriendo, Gabriel se dirigió al despacho de su padre, adonde habían quedado con el ministro de Energía para una reunión.

Olivia bostezó mientras estudiaba los bocetos que Noelle había preparado de los vestidos de las gemelas para la boda. Era casi medianoche. Acababa de regresar de otro evento, esta vez para recaudar fondos para un programa de estudios de arte para niños sin privilegios.

Era consciente de que lo que iba a costarle los dos vestidos para las niñas podía financiar el programa durante un año.

A su espalda, la puerta de su suite se abrió y cerró. La piel se le erizó al sentir unos pasos hacia ella. Un segundo antes de sentir sus manos en los hombros, percibió su perfume.

—¿Me estás esperando levantada?

La besó en el cuello, en el punto justo que la hacía estremecerse.

—Claro —contestó.

Dejó a un lado los dibujos y se puso de pie. Llevaba su pijama favorito, de seda. Aunque la cubría de la cabeza a los pies y no resultaba seductor, a Gabriel no parecía importarle.

—Me voy de viaje mañana temprano y estaré cuatro días fuera —explicó, tomándola entre sus brazos—. Quería pasar un momento a solas contigo.

Cuatro largos días con sus noches. Se había acostumbrado a acurrucarse a su lado, con la barbilla sobre su pecho desnudo, y a dormirse al ritmo de sus latidos.

—¿Solo un momento?

Echó la cabeza hacia atrás, ofreciéndole su cuello, y le acarició la nuca con las uñas, como a él le gustaba.

–¿Te he dicho ya que me voy muy temprano?

Gabriel la empujó con las caderas para que sintiera su erección. Ella sonrió. Estaba tan excitada como él, aunque lo que más deseaba era meterse en la cama y dormir doce horas seguidas.

–Sí, solo que pensaba que quizá pudieras darme unos cuantos minutos para despedirme como es debido.

–¿Solo unos minutos?

Olivia sintió que los huesos se le deshacían cuando su lengua le acarició el labio inferior. Luego, se fundieron en un apasionado beso.

–Tómate los que te hagan falta.

Se había acostumbrado a dormir con él y no le agradaba la idea de dormir sola las siguientes noches. Cada mañana, después de que la despertara con besos y le hiciera el amor al amanecer, volvía a dormirse preguntándose si cuando se casaran, una vez estuviera embarazada, seguiría compartiendo su cama cada noche. Sabía que había unas cuantas habitaciones preparadas en el ala familiar para ellos. Cada uno tendría su propio espacio, su propia cama. Eso no era lo que quería.

Olivia no se sorprendió de que la tomara en brazos y la llevara a la cama. La química entre ellos se había disparado desde que habían hecho el amor por primera vez. Gabriel la llevó al orgasmo dos veces antes de penetrarla. Solo sentirle dentro era un placer, y Olivia lo rodeó con sus piernas por las caderas y lo atrajo mientras se hundía en ella.

Cuando Olivia se despertó unas horas más tarde, Gabriel ya se había ido. Se levantó de la cama y se puso una bata. Su suite daba a los jardines traseros del palacio, así que no tenía esperanza de ver una última vez a Gabriel. Abrió la puerta corredera

111

que daba a la terraza y se acercó a la barandilla. Por la noche, el jardín permanecía iluminado, pero a punto de amanecer, todo estaba oscuro. Una brisa fresca le llevó el olor de las rosas. Olivia se apoyó en la piedra fría. Recordaba perfectamente la noche en que Gabriel la había encontrado allí y le había demostrado que resistirse a él no tenía sentido.

Cuando había accedido a casarse con él, se había engañado pensando que el deseo sexual y el afecto la harían feliz. Después de varias noches en sus brazos, había caído bajo su embrujo. Era como si hubiera pasado toda su vida esperando a aquel hombre y aquel momento.

Consciente de que sus motivos para casarse con Gabriel habían cambiado, ¿qué era lo que quería si ya no le preocupaba convertirse en reina algún día?

Tal vez amor.

Aquel pensamiento hizo que se le doblaran las piernas y se sujetó a la barandilla. Abatida, se quedó mirando el anillo de compromiso de su dedo.

No podía enamorarse de Gabriel. Él no iba a enamorarse de ella. Aquel era un matrimonio concertado, una unión por el bien del país que conllevaría estabilidad y descendencia. No esperaba enamorarse locamente de su marido ni ser inmensamente feliz. Solo quería sentirse satisfecha como madre y llegar a ser reina algún día.

En sus planes no había entrado el disfrute sexual hasta que Gabriel la había besado.

Olivia se dio media vuelta y regresó al interior de su suite. Al cerrar la puerta corredera de cristal, reparó en el escritorio en el que había guardado bajo llave copias de unos importantes papeles, incluyendo sus informes médicos. ¿Habrían estado siempre allí aquellos arañazos en el latón de la cerradura? La idea de que alguien del palacio hubiera intentado forzar aquellos cajones era ridícula. Entonces, se acordó de la noche en que llegaron las gemelas. Se había encontrado a una doncella junto a la cómoda en mitad de la noche. Al no echar de menos nada, no le había dado mayor importancia al asunto.

Unas horas más tarde, cuando Libby entró en la suite, Olivia seguía sentada en el escritorio. Había abierto el cajón y había comprobado que no faltaba nada, pero con la filtración a la prensa de la llegada de las niñas al palacio y la misteriosa aparición del brazalete de Marissa, Olivia había revisado cada página del informe para asegurarse de que no faltaba nada.

–¿Por qué está revisando esos papeles?

–Quizá me equivoque, pero me ha parecido advertir que la cerradura estaba rayada y quería asegurarme de que mi informe médico estuviera intacto –dijo Olivia, y al ver que Libby no decía nada, levantó la cabeza–. ¿Qué ocurre?

–El príncipe Christian está interrogando al personal para averiguar de dónde vienen las filtraciones a la prensa.

Olivia se estremeció.

–¿Acaso piensa que alguien del palacio está pasando información?

Recordó las fotos de Gabriel y Marissa. No habían sido tomadas por los paparazzi, sino por amigos.

Olivia volvió a tocar la cerradura, deseando poder distinguir si aquel rayado era reciente. Si alguien había puesto las manos en aquellos papeles, el resultado sería catastrófico.

–Mantenme informada de la investigación y mira a ver si puedes encontrar un sitio más seguro para guardar esto.

A Gabriel le costó mantenerse concentrado durante el recorrido por la planta biotécnica. Durante los últimos días, había recorrido varias fábricas en Suiza y Bélgica, a la busca de industrias que pudieran estar interesadas en llevar a cabo sus operaciones en Sherdana. Debería haber enviado a Christian a hacerlo. Su hermano había ganado mucho dinero invirtiendo en tecnología. A Christian le habrían interesado las líneas de producción y la forma en que las instalaciones se organizaban. A Gabriel le resultaba todo aquel asunto muy árido.

Probablemente así era lo que pensaban sus hermanos de todo lo relacionado con gobernar un país. Ya no les quedaba mucho en común. Era curioso cómo tres personas que habían compartido un vientre, que habían tenido su propio lenguaje para comunicarse de adolescentes y que habían compartido muchas travesuras en su infancia, hubieran desarrollado talentos e intereses tan diferentes pasados los veinte años.

De todas formas, aquel viaje no podía haber llegado en un mejor momento. Las últimas noches que había pasado con Olivia habían sido las más apasionadas de su vida. Su sensualidad y su naturaleza curiosa lo tenían obsesionado, al igual que aquellos labios que recorrían su piel y que susurraban picardías junto a su oído cada vez que se hundía en ella.

Su ansia por buscar su compañía era la prueba de que se estaba olvidando de por qué se iba a casar con ella. Lo que le había llevado a elegirla había sido su saber estar, su elegancia sofisticada y su buen corazón, no sus besos ardientes y sus explosivos orgasmos.

Gabriel carraspeó y estiró el cuello de la camisa mientras el director de la fábrica continuaba su explicación. Le venía bien distanciarse de ella. Por desgracia, la distancia no estaba teniendo el efecto que esperaba. Había imaginado que estar lejos de ella enfriaría las cosas, pero no estaba siendo así.

No paraba de pensar en ella y eso le preocupaba. Se suponía que iba a ser una compañera sensible y preparada para gobernar el país, no una fiera en la cama.

Cada día descubría que Olivia era mucho más de lo que había esperado. Y sería un estúpido si no le preocupara el poder que tenía sobre él. Se sentía impotente para detener lo que estaba surgiendo entre ellos. Tan solo podía tratar de ir más despacio hasta que pudiera establecer una relación con la que se sintiera cómodo.

Pero esa comodidad, ¿lo haría feliz a largo plazo? ¿Estaba dispuesto a cambiar su futuro solo por tener el control y sentirse seguro?

Unos días después de que Gabriel se fuera de viaje, Olivia tenía previsto un almuerzo privado con la reina. Diez minutos antes de la cita, se puso unos pendientes de perlas y se miró en el espejo. Llevaba el pelo suelto y había elegido un vestido rosa con un estrecho cinturón blanco que hacía destacar su cintura, a juego con unos zapatos con estampado de flores.

Aquella mañana se había levantado con una ligera molestia en el bajo vientre y no se sentía del todo bien, pero había decidido no cancelar su encuentro con la reina.

Respiró hondo y entró en el comedor privado que la familia real utilizaba. Las sillas estaban tapizadas en azul claro, a juego con las cortinas. Era la única nota de color de la estancia en la que predominaban las paredes blancas y los adornos dorados. Aunque era una habitación más íntima que cualquier otra del primer piso, no por ello hacía olvidar que fuera un palacio.

–Estás muy guapa –dijo la reina al entrar en la habitación.

Llevaba un traje clásico en color lavanda y un impresionante collar de perlas.

–Es un regalo de aniversario del rey –añadió acariciando el collar.

–Es precioso.

–Matteo tiene muy buen gusto.

La reina hizo un gesto hacia la mesa del comedor, dispuesta para dos a pesar de poder acomodar a doce comensales.

Nada más sentarse, una doncella le llevó un vaso de refresco a la reina.

–Es un refresco de cola –dijo, y dio un trago–. Empezó a gustarme hace dos décadas, en un viaje a los Estados Unidos. Es el único lujo que le permito.

Olivia asintió. A ella no el gustaban demasiado los refrescos, pero entendía que alguien pudiera tener algún capricho en particular, como por ejemplo, por un alto y apuesto príncipe.

Los sirvientes pusieron un plato de ensalada ante cada una y la reina empezó a hacerle preguntas para saber si Olivia conocía la situación política y los problemas económicos del país. Aunque Olivia pensaba que le haría preguntas sobre los preparativos de la boda, le agradaba compartir lo que sabía del país, que pronto se convertiría en el suyo.

–¿Sabe mi hijo lo inteligente que eres? –preguntó la reina mientras les servían los postres–. Vaya, querida –dijo reparando en el plato que tenía ante ella–, parece que el chef ha vuelto a hacer experimentos.

Olivia se quedó mirando la fruta más rara que había visto en su vida. Del tamaño de un puño y una cáscara rosa fuerte, estaba cortada por la mitad dejando al descubierto su pulpa blanca con pequeñas semillas negras. En el centro, había yogur y fresas.

–Es la fruta del dragón –explicó la reina–. A mí me parece deliciosa.

Olivia tomó un primer bocado y se sorprendió por el sabor tan dulce.

–Estás pálida –añadió la reina, señalando a Olivia con la cuchara–. Espero que puedas dormir más ahora que mi hijo no está.

Olivia sintió que todo su cuerpo se acaloraba. La reina acababa de insinuar que sabía dónde estaba pasando las noches Gabriel.

–Oh, no te apures. Estáis a punto de casaros y mi hijo quería un compromiso breve. Además, no hay secretos en el palacio.

–Supongo que no.

Olivia lo sabía muy bien. Había crecido rodeada de sirvientes que conocían todas y cada una de sus costumbres.

–¿Qué tal van los vestidos de las gemelas para la boda?

La reina había tardado unos días en dar su

aprobación a la idea de que Bethany y Karina tomaran parte de la ceremonia, después de que Gabriel lograra convencerla.

–Estarán listos a finales de esta semana. El encaje que Noelle ha elegido es precioso. Creo que os gustará.

–Noelle tiene mucho talento. Todas estaréis muy guapas –afirmó la reina, satisfecha–. Debo decir que has aceptado a las hijas de Gabriel mucho mejor de lo que lo hubiera hecho cualquier otra mujer en tu situación.

–Es difícil imaginar que pueda haber alguien que no se encariñe con esas dos niñas –admitió Olivia, pero sabía a lo que la reina se estaba refiriendo–. Me encantan los niños. Mi fundación se dedica a tratar de mejorar sus vidas. Sería una hipócrita si les volviera la espalda a Bethany y Karina por quien era su madre y lo que significó Marissa para Gabriel.

–Te han tomado mucho cariño –dijo la reina–. Tienes todo lo necesario para ser una excelente madre.

–Gracias.

El comentario de la reina debería haber hecho que Olivia se relajara, pero el tictac de su reloj biológico sonó más fuerte que nunca en sus oídos.

Capítulo Ocho

–¿Qué tal el viaje? –preguntó Christian, mientras caminaban por el asfalto hacia la limusina–. Espero que me hayas traído algún regalo.

–Por supuesto –contestó Gabriel, dándole el maletín a su hermano–. Está lleno de toda clase de cosas que estoy seguro te parecerán interesantes.

–¿A ti no?

–La tecnología es más cosa de Nic y tuya. Deberías haber ido tú en mi lugar, pero era algo que tenía que hacer. Quiero animar a que otras compañías tecnológicas se establezcan en Sherdana y la mejor manera de conseguirlo es hablar directamente con esas compañías.

Gabriel era consciente de que el viaje había sido menos productivo de lo esperado. Olivia había estado presente en sus pensamientos de manera continua.

–Apuesto a que no has disfrutado.

–No todos los aspectos de mi posición me agradan. Algunas cosas hay que hacerlas aunque no quiera. Esta era una de ellas.

–¿Como con tu futura esposa?

Christian rio al ver la mirada de su hermano.

–Lo que sienta por mi futura esposa no es asunto tuyo.

–Vamos, seguro que ya estás más contento con la idea de casarte. Por lo que he oído, parecéis dos adolescentes enamorados.

Gabriel gruñó, pero no podía ignorar la emoción que sentía ante la idea de volver a ver a Olivia y besarla. Las últimas cuatro noches había sido incapaz de dormir. Con la mirada fija en el techo, no había dejado de recordar las sonrisas y la sensualidad de Olivia y había hecho todo lo posible por no prestar atención a su erección.

Las duchas de agua fría se habían convertido en un ritual a las dos de la mañana. ¿Cómo era posible que lo hubiera hechizado de aquella manera en tan poco tiempo?

—Ninguno de los dos estamos enamorados —murmuró Gabriel—. Pero no voy a negar que seamos perfectamente compatibles.

—¿Que no estáis enamorados? —dijo Christian ladeando la cabeza—. Quizá tú no, pero ¿estás seguro de que ella tampoco?

La pregunta de Christian le hizo recordar la noche antes de su viaje. Había estado a punto de acceder a pasar la noche con ella. La había encontrado vulnerable, sin su habitual seguridad. Pero eso no significaba que estuviera enamorada de él.

—Eso es ridículo. Solo hace un par de semanas que estamos juntos.

—¿No crees en el amor a primera vista?

—¿Tú sí?

—Por supuesto.

—¿Es por eso que haces todo lo posible por apartar a toda mujer que se te acerca demasiado? ¿Acaso ninguna te ha hecho perder el raciocinio?

Un brillo especial asomó a los ojos de Christian, pero enseguida desapareció y volvió a esbozar su sonrisa burlona.

—¿Quién quiere sentar la cabeza con una mujer habiendo tantas?

–Un día de estos, alguna te gustará tanto que no querrás separarte de ella.

–¿Es eso lo que te ha ocurrido?

–Voy a casarme porque tengo que hacerlo.

Gabriel era consciente de que estaba evitando responder, y no con delicadeza.

Christian entornó los ojos.

–¿Y si no tuvieras que hacerlo?

–Como eso no es una opción, ni siquiera me he parado a pensarlo.

Tampoco quería pensar en ello, porque abriría viejas heridas. ¿Se habría casado con Marissa si hubiera podido? ¿Había estado realmente enamorado o se había obsesionado con ella porque era imposible que tuvieran un futuro?

–Vaya, creo que te estoy poniendo nervioso –se burló Christian.

–¿No era esa tu intención? –dijo Gabriel.

Se quedó mirando la valla que flanqueaba el camino de acceso al palacio. Acababa de ver dos ponis con dos niñas montándolos. A pesar de sus atribulados pensamientos, no pudo evitar sentir una gran alegría al ver a sus hijas. Sintió lástima por Christian. Su actitud cínica le impediría conocer la sensación se abrazar a sus propios hijos y disfrutar de sus besos.

–¡Dios mío! –exclamó Christian–. Estás enamorado.

–Acabo de ver a mis pequeños ángeles montando.

–No son precisamente unos ángeles. De hecho, han estado poniendo el palacio patas arriba con su versión del juego del escondite. Y estos últimos días aún peor, porque Olivia no se siente bien.

–¿Está enferma? –preguntó Gabriel frunciendo el ceño.

–¿No lo sabías?

–Hablé con ella anoche y no me dijo nada –dijo frotándose la nuca–. ¿Tan mal está?

–No lo sé. No ha salido de su habitación en los últimos dos días.

–¿Lleva en la cama todo ese tiempo?

–No lo sé. Pero si querías que cuidara de tu linda flor, deberías habérmelo dicho.

Gabriel ni siquiera miró a su hermano al salir del coche y dirigirse al palacio. Entró en el vestíbulo y apenas reparó en el saludo de los sirvientes que estaban trabajando. ¿Por qué Olivia no le había dicho que no se encontraba bien? Subió los escalones de dos en dos en dirección a la suite de su prometida. Una doncella le abrió la puerta.

–He venido a ver a *lady* Darcy –dijo, obligando a la joven a apartarse.

Había tres mujeres en la habitación. Olivia estaba sentada en el sofá, con las piernas en alto y de espaldas a él. Ariana estaba sentada frente a ella, de cara a la puerta. La secretaria de Olivia estaba en el escritorio. En el momento en el que entraba, su hermana rompía a reír.

–Buenas tardes, señoras.

Se acercó primero a su hermana. Estaba espléndida, como siempre, con un vestido azul que le sentaba muy bien. Llevaba una pulsera de oro en la muñeca y unos pendientes de aro.

–Bienvenido de vuelta, Gabriel –dijo saludándole con un beso en la mejilla.

–Te hemos echado de menos –intervino Olivia, volviéndose para mirarlo.

No tenía buena cara y se adivinaban bolsas debajo de sus ojos.

Preocupado, se sentó a su lado en el sofá y le acarició la mejilla.

–Anoche, cuando hablamos por teléfono, ¿por qué no me dijiste que estabas enferma?

–No es nada.

–Estás muy pálida. Quiero que me digas qué pasa.

Olivia suspiró y miró hacia Ariana. Abrió los ojos de par en par, provocando que Gabriel volviera la cabeza. Ariana había desaparecido. La puerta del dormitorio estaba cerrada. Se habían quedado a solas.

–Contéstame –dijo Gabriel volviéndose hacia ella.

Tenía ronchas en las mejillas.

–He tenido una regla bastante molesta.

Gabriel sintió alivio. ¿Le avergonzaba hablar de algo tan natural? ¿Sería por eso por lo que no le había dicho nada la noche anterior? La tomó de la barbilla y la obligó a mirarlo a los ojos.

–Voy a convertirme en tu marido. Hazte a la idea de que tendrás que hablar conmigo de todo tipo de cosas.

–Ten cuidado o tendrás que arrepentirte de tus palabras –murmuró–. Bienvenido a casa. ¿Te ha ido bien el viaje?

–Se me ha hecho largo y solitario.

Se inclinó y la besó junto a la oreja.

Ella tomó su rostro entre las manos.

–Te he echado mucho de menos. De hecho…

Unos golpes en la puerta la interrumpieron. Gabriel suspiró y le dio un beso en la nariz antes de levantar la voz para que lo oyeran en el pasillo.

–Adelante.

Stewart asomó la cabeza por la puerta.

–El rey se preguntaba si os habríais perdido de camino a la reunión con el primer ministro.

Gabriel se puso de pie.

–El deber me llama.

–Por supuesto –dijo, y esbozó una sonrisa–. Tal vez podríamos cenar juntos.

–Me temo que no puedo esta noche. Tengo una cita.

–Claro.

Empezaba a conocer sus gestos y podía ver que estaba decepcionada. No le agradaba ser el ladrón de la alegría de sus ojos, y la fuerza del deseo de verla sonreír lo pilló desprevenido. No tenía en mente enamorarse de su prometida cuando había decidido casarse con Olivia.

–Vendré luego a ver cómo estás.

–Te estaré esperando.

La mañana en que Gabriel regresó de su viaje, Olivia sonrió tantas veces como bostezó. Cumpliendo lo prometido, volvió a verla después de su cena y estuvieron acurrucados en el sofá hasta las tres de la mañana mientras Olivia le contaba de las gemelas y él le explicaba su viaje por Suiza y Bélgica.

Además de hablar, se besaron muchas veces. Aquellos besos románticos dejaron algo aturdida a Olivia. La trataba con mucha ternura, sin dejarse llevar en ningún momento por la pasión. Aquel dominio de sí mismo le resultaba a Olivia reconfortante a la vez que frustrante. Cuatro días sin él habían despertado su apetito por sentir sus manos sobre su cuerpo y maldijo el momento de su regla.

Por otro lado, nada se interpondría entre ellos

en su mágica noche de bodas, a menos que no hubiera boda.

Era su primera regla desde que dejara de tomar las píldoras anticonceptivas que regulaban su ciclo. Al principio, se había sentido triste porque no se había quedado embarazada después de las increíbles noches que había pasado con Gabriel. Enseguida, había empezado a preocuparse con la aparición de aquellos síntomas familiares. Cada día que la regla se le alargaba, le costaba más convencerse de que todo estaba bien. Durante los dos últimos días, su temor había ido en aumento. Estaba empezando a pensar que la operación no había resuelto el problema. Tenía que hacerse a la idea de que quedarse embarazada iba a ser más difícil de lo que pensaba.

Luego, después de ver a Gabriel el día anterior, tuvo claro lo que tenía qué hacer. Debía contarle la verdad. A pesar de lo bien que se llevaban, no sabía cómo se tomaría la noticia. Confiaba en que reaccionara como su padre y la ayudara a resolver los problemas que surgieran.

–¿Olivia?

Una voz suave la sacó de sus pensamientos. Con los paparazzi deseando captar las primeras imágenes de las hijas de Gabriel, Olivia le había pedido a Noelle que le llevara los vestidos de las niñas al palacio para probárselos.

–Lo siento, Noelle –dijo volviéndose hacía la esbelta mujer morena–. A menos de dos semanas para la boda, la cabeza me da vueltas. ¿Qué decía?

–Le preguntaba si quería que le trajera su vestido la próxima semana para la última prueba en lugar de que venga a mi tienda.

–Me vendría bien que lo trajera. Estoy muy ocupada con los preparativos de la boda y eso me ahorraría tiempo.

–Lo haré encantada.

Al poco, las gemelas aparecieron con sus mejores galas. Parecían ángeles con sus vestidos de puntilla blanca y fajines amarillos. La secretaria de Noelle les había recogido el pelo y les había puesto una corona con lazos amarillos.

–Esto es solo una propuesta. Si quiere, podemos pedirle a la florista que haga unas coronas con rosas amarillas.

–Los vestidos son perfectos –dijo Olivia–. Gracias por hacerlos con tan poco tiempo.

–Me alegro de que le hayan gustado.

Mientras Noelle y su asistente hacían algunos ajustes a los vestidos, Olivia distrajo a Bethany y Karina explicándoles su papel en la boda. Parecían comprender la importancia del acontecimiento porque la escucharon con toda su atención.

Una hora más tarde, después de que Noelle se fuera con los vestidos, Olivia estaba leyendo un cuento a las niñas cuando la puerta de su habitación se abrió sin previo aviso. Sorprendida, se volvió desde el sofá y se encontró a un Gabriel enfadado.

–¿Qué pasa?

–Es hora de que las gemelas vuelvan a su habitación –respondió con voz fría, haciéndole un gesto a la niñera que enseguida se puso en pie–. Es hora de que coman.

Olivia dejó el libro a un lado y se puso de pie para animar a las niñas a que le dieran un beso y un abrazo a su padre. Él se mostró más cálido, pero nada más se fueron sus hijas, volvió a fruncir el ceño.

–¿Es cierto? –preguntó.

Olivia sintió un nudo en el estómago al ver su expresión.

–¿Qué es cierto?

–¿Que eres infértil?

De todas las cosas que se le habían pasado por la cabeza, aquella era lo que menos esperaba. ¿Cómo lo había descubierto? Libby era la única que conocía su problema, y sabía que su secretaria nunca la traicionaría.

–¿Dónde has oído eso?

Gabriel se acercó a la televisión y tomó el mando a distancia. Olivia sintió pánico al ver que apretaba el botón de encendido. No había imaginado que pudiera enfadarse tanto.

–Fuentes del palacio confirman que la futura princesa tiene pocas probabilidades de concebir un heredero para el trono de Sherdana.

Las palabras que tronaban desde la televisión eran tan terribles que Olivia se hubiera desplomado si Gabriel no la hubiera tomado rápidamente en sus brazos.

–Dime la verdad.

–Tenía un problema, pero me operé para corregirlo. No debería haber impedimento para que me quede embarazada.

Aunque después de los síntomas de los últimos días, no estaba tan segura.

–¿Pero puedes o no?

–Hace seis meses, cuando me propusiste matrimonio, pensaba que sí podía. Ahora, sinceramente, no lo sé.

–Deberías habérmelo dicho –dijo soltándola como si le resultara desagradable tocarla–. ¿Creías que podrías mantener este secreto para siempre?

–No pensé que fuera a ser un problema.

Olivia entrelazó las manos para contener el temblor y se quedó mirando al príncipe heredero de Sherdana, que parecía haberse convertido en una estatua de piedra. A la vista de su actitud, poca esperanza tenía de que la escuchara.

–Nunca habría accedido a casarme contigo si pensara que no podía tener hijos.

–Pero tu médico te advirtió de que las posibilidades eran escasas.

No era una pregunta.

No le preguntó cómo lo sabía. El periodista de la televisión seguía dando detalles de su historial médico. Su intimidad estaba siendo violada y la estaban tratando como a la mala de la película.

–Nunca dijo que fueran escasas. Me dijo que las posibilidades de que quedara embarazada eran buenas, pero que para ello tenía que dejar de tomar anticonceptivos. No sabía muy bien cómo reaccionaría mi cuerpo después de diez años tomando la píldora.

–Pero eras virgen, de eso doy fe. ¿Por qué tomabas la píldora?

–Tenía fuertes dolores y reglas abundantes –respondió Olivia rodeándose con los brazos–. Dejé de tomar la píldora antes de irme Londres. Quería quedarme embarazada lo antes posible, darte un heredero. Sabía que eso era lo que querías.

La expresión de Gabriel no cambió, pero apretó los labios con fuerza durante unos segundos.

–También quedamos que íbamos a ser sinceros.

–Pretendía decírtelo anoche. Estos últimos días no me he encontrado bien y pensaba comentarte la situación.

–Necesito un heredero, Olivia.

–Lo entiendo perfectamente.

Su unión era de conveniencia, su mano en matrimonio a cambio del negocio de su padre. Pero también se esperaba que se convirtiera en madre.

–Nunca habría accedido a casarme contigo si hubiera sabido que no podía tener hijos.

Gabriel necesitaba casarse con alguien que pudiera concebir a la siguiente generación de los Alessandro. En aquel momento, no estaba segura de poder hacerlo.

Sintió un dolor agudo e hizo una mueca. Llevaba toda la mañana sintiendo calambres, y cada vez estaban siendo más fuertes.

–¿Estás bien?

–Ha sido una mañana muy ajetreada y no he parado. Creo que debería tomarme algo y descansar un rato. ¿Podemos seguir hablando esta tarde?

No esperó a que contestara para dirigirse al cuarto de baño en busca de la medicina para el dolor. Cerró la puerta confiando en que no la siguiera y se apoyó en el tocador. La mujer del espejo tenía ojeras y estaba pálida.

El dolor que sentía era diferente a los calambres habituales, y eso la asustaba.

Se obligó a respirar hondo y, tratando de contener las náuseas, se tomó la medicina. Al cabo de unos minutos, el dolor de la pelvis fue aflojando y pudo volver al dormitorio. Allí se encontró a Libby esperándola con la reina. Parpadeó para contener las lágrimas.

–¿Has probado con el zumo de piña?

–No –dijo Olivia, sintiéndose confusa ante la sugerencia de la reina.

–Tiene algo que alivia los calambres.

Olivia se llevó las manos al vientre. Dadas las noticias, ¿por qué estaba siendo amable la reina?

–Gracias, probaré con el zumo de piña.

–No eres la primera mujer en este palacio que tiene problemas de fertilidad. Yo era muy joven cuando vine a casarme con el rey y estaba deseando darle el heredero que quería. A diferencia de Gabriel, Matteo no tenía hermanos varones que pudieran ocupar el trono en caso de que le pasara algo.

–¿No os quedabais embarazada?

–Hay una buena razón por la que Gabriel y sus hermanos nacieron a la vez –respondió la reina sonriendo–. Nos sometimos a dos tratamientos de fecundación *in vitro* antes de tener éxito. Gabriel, Nicolas y Christian son el resultado.

–¿Y Ariana?

La princesa era seis años más joven que sus hermanos, casi de la misma edad que Olivia.

–Un bebé milagro.

A Olivia le gustó aquello. Confiaba en que en su vida también hubiera un bebé milagro, porque tal y como se sentía en aquel momento, necesitaba un milagro.

–¿Amas a mi hijo?

–Sí –contestó, haciendo girar el anillo en su dedo.

–Bien, entonces harás lo que sea mejor para él.

Y dejando a Olivia reflexionando sobre qué sería, la reina se despidió.

Cuando la puerta se abrió un rato más tarde, Olivia levantó la cabeza pensando que era Libby, pero se encontró con una doncella.

–Ahora mismo no necesito nada, quizá más tarde.

–Pensé que tal vez querría que fuera recogiendo sus cosas. Estoy segura de que querrá volver a Inglaterra ahora que el príncipe sabe que no puede tener hijos.

El tono malicioso de la mujer no era lo que Olivia esperaba y se irguió en su asiento, sintiendo que la adrenalina se le había disparado en las venas. De altura media y ojos y pelo castaños, la mujer se parecía a cualquiera de la docena de doncellas del palacio. Pero se movía con una energía frenética que ponía nerviosa a Olivia.

–Eso es ridículo –dijo sintiéndose acosada–. No voy a marcharme.

Olivia se puso de pie. Aquel movimiento brusco le provocó un dolor punzante. Se tambaleó y se sujetó al respaldo de la silla. Respiraba entrecortadamente. Algo no iba bien.

–Por supuesto que sí. El príncipe no se casará con usted conociendo su problema.

–Eso le corresponde a él decidirlo. Váyase.

Le costaba concentrarse en la conversación sintiendo aquel dolor en su bajo vientre.

–¿Qué le hace pensar que puede darme órdenes? ¿Porque tiene un título y su padre dinero?

Poco a poco, Olivia se fue apartando de la doncella. Entonces, reconoció a la mujer. Era una de las que había estado revolviendo en su escritorio la noche en que las gemelas habían llegado.

–¿Quién es usted? –preguntó.

–Mi hermana era mucho más mujer de lo que usted será nunca.

–¿Marissa era su hermana?

Imposible. Aquella mujer estaba muy lejos de parecerse a la bella y vibrante Marissa.

–Mi hermana pequeña. Era muy guapa y estaba

llena de vida. O lo estaba hasta que el príncipe Gabriel la destrozó.

–¿Qué quiere decir?

Olivia decidió mantener a la mujer hablando. En alguna parte detrás de ella estaba el cuarto de baño con un cerrojo. Necesitaba llegar allí.

–Después de visitarlo en Venecia, cayó en una depresión. No podía soportar la idea de que no quisiera seguir con ella.

La mujer miró a Olivia como si ella fuera la causa del dolor de Marissa.

–Siento que su hermana estuviera disgustada…

–¿Disgustada? No, no estaba disgustada. Estaba deshecha, tan deshecha como para quitarse la vida. Fui yo la que la encontró desangrándose. Se había cortado las venas. Fue en el hospital donde se enteró de que estaba embarazada. Adoraba a sus niñas. Lo eran todo para ella.

Olivia buscó por detrás a sus espaldas y dio con el pomo de la puerta del baño.

–Bethany y Karina son maravillosas.

–No se las merece. No se merece ser feliz y ahora, no lo será porque no puedes darle hijos. Ya no te querrá.

La hermana de Marissa gritaba, histérica.

Otra punzada de dolor hizo que Olivia se retorciera. Se metió en el cuarto de baño y cerró la puerta. Su visión se oscureció, pero tuvo tiempo de cerrar el pestillo. La puerta traqueteaba por los golpes furiosos de la hermana de Marissa.

Sin apenas fuerzas, Olivia se escurrió hasta el suelo y se quedó apoyada en el tocador, confiando en que la puerta aguantara hasta que alguien fuera a buscarla. Esperaba que la hermana de Marissa estuviera equivocada respecto a Gabriel.

Capítulo Nueve

Gabriel se inclinó sobre su montura y espoleó al caballo. Sintió el viento en la cara y se concentró en el sonido de los cascos. Había salido a montar después de dejar a Olivia porque necesitaba resolver el conflicto que lo enfurecía.

Aunque el caballo tenía energía suficiente, aminoró el paso después de poco más de un kilómetro. Pasó por el lago en el que sus hermanos y él solían ir a nadar de niños en verano y deseó volver a aquella época inocente.

¿Qué mujer ante la perspectiva de no poder ser madre no negaría la posibilidad? Especialmente alguien que adoraba a los niños. La había visto con las gemelas. Había visto cómo sus hijas se encariñaban con Olivia. Se las había ganado con su generoso y cálido corazón. Al igual que él, no habían podido resistirse a su dulzura.

Sus padres debían de estar decidiendo cómo controlar la situación y qué hacer. Seguramente le aconsejarían que no se casase con aquella mujer cuya fertilidad estaba en cuestión, pero no tomaría ninguna decisión hasta que conociera el alcance del problema de Olivia.

¿Y si no podían tener hijos?

Tenía que pensar en el trato que había hecho con su padre. El acuerdo con *lord* Darcy estaba supeditado a que Olivia se convirtiera en su esposa.

Fuera cual fuese la decisión que tomara, le fallaría a su país.

Dos horas más tarde, entró en el salón familiar del ala sur y se encontró con todos reunidos.

Su hermana se acercó para darle un abrazo.

–¿Has ido a ver a Olivia?

–He salido a montar a caballo.

Su padre lo miraba con el ceño fruncido. Su opinión estaba clara. Gabriel lo ignoró y fue a sentarse junto a su madre. Había tomado una decisión y sabía que no contaría con la aprobación de nadie.

–Necesito tiempo para pensar.

El rey dirigió una mirada dura a Gabriel.

–¿Cómo pretendes manejar este asunto?

–¿Manejar?

Gabriel no se había parado a pensar en cómo tratar aquel asunto con la prensa.

–Podríamos empezar enviando un comunicado explicando los problemas de Olivia, pero no estoy seguro de que una vez conocidos los informes médicos eso nos vaya a venir bien.

–Me refiero a Olivia –dijo el rey.

Gabriel se dio cuenta de que toda la familia estaba observándolo, a la espera de su respuesta. Era como si todos los presentes estuvieran conteniendo la respiración.

–¿Qué quieres decir? –preguntó Gabriel.

Estaba seguro de saber lo que pretendía su padre con aquella pregunta, pero necesitaba oírselo decir.

–Necesitas una esposa que pueda darte hijos.

En otras palabras, tenía que romper su compromiso con Olivia y volver a estudiar a la docena de mujeres que había rechazado al elegirla.

–¿Y qué voy a decirle a *lord* Darcy? ¿Que solo quiero a su hija para que me dé herederos?

Por la expresión de su padre, Gabriel supo que se estaba adentrando en terreno peligroso con su ironía. En aquel momento, no le importaba. ¿Qué podía hacer su padre? Se sentía rebelde. De adolescente, había sido el hermano que mejor se había comportado y que nunca se había metido en problemas.

Con quince años, Nic había provocado un incendio haciendo un experimento con cohetes. Con catorce, Christian había tomado prestado el Ferrari de su tío y el coche había acabado en una cuneta.

Gabriel había asumido su responsabilidad y se había mostrado como un hijo obediente, acompañando a su madre a visitas a hospitales y a actos benéficos. Los periódicos se habían llenado de titulares acerca de la suerte que tenía Sherdana de que su futuro monarca fuera tan buen ejemplo para los jóvenes.

–Yo también tuve problemas de fertilidad –le recordó la reina a su marido, rompiendo la tensión entre padre e hijo.

–Pero no lo sabíamos antes de casarnos –dijo el rey, digiriéndole una dura mirada a su esposa.

–A pesar de lo mucho que deseabas un heredero, no me apartaste de tu lado cuando el problema salió a la luz.

–Llevábamos casados dos años. ¿Cómo iba a dejarte ir?

Gabriel advirtió la mirada cómplice que sus padres intercambiaron y sintió envidia. Había empezado a pensar que podía llegar a tener aquel grado de confianza con Olivia.

–Olivia y yo hablaremos esta tarde.

–Pretendes romper el compromiso.

–No estoy seguro de que sea necesario. Dice que la operaron para corregir el problema. Tenemos que discutir el asunto y consultar a un médico antes de tomar una decisión tan radical.

La puerta se abrió sin previo aviso, captando la atención de todos. Stewart apareció en el umbral con un gesto de preocupación.

–Disculpen la interrupción –dijo, haciendo una reverencia–. Algo le ha pasado a *lady* Darcy.

Gabriel sintió que el corazón se le salía del pecho. Se levantó y cruzó la habitación en tres pasos.

–¿Qué pasa?

–No lo sé. La señorita Marshall dice que se ha encerrado en el baño y no contesta.

–¿Qué te hace pensar que le ha pasado algo?

–Su ropa está por toda la suite y está hecha jirones.

Gabriel maldijo entre dientes, pasó junto a su secretario y salió corriendo por el pasillo. Cuando llegó a la habitación, reparó en los destrozos, pero no se detuvo. Se acercó a la secretaria de Olivia, que estaba junto a la puerta del cuarto de baño, llamando a golpes y pidiéndole que contestara. Luego, la hizo a un lado y le dio una patada a la puerta. Cuando por fin cedió y se abrió, percibió el olor a sangre. Olivia estaba tumbada en el suelo con una gran mancha carmesí en la falda. El pánico se apoderó de él.

–Que alguien llame a una ambulancia –cayó de rodillas a su lado y sintió alivio cuando vio que el pecho le subía y le bajaba–. ¿Cuánto hace que entró en la suite? –preguntó dirigiéndose a la secretaria.

–Hará unos diez minutos. La llamé, pero no abrió la puerta ni me contestó. Y por cómo está su ropa, supe que había pasado algo.

¿Cuánto tiempo llevaba sangrando así? Gabriel apretó los dientes y contuvo el temor que sentía. No podía morir. No podía permitir que eso pasara.

–Tráigame una manta de la cama. Vamos a llevarla al hospital.

Libby hizo lo que le pedía.

–¿Y la ambulancia?

–No hay tiempo.

Además, no podía quedarse sentado y ver cómo Olivia se desangraba. Siempre se había enorgullecido de pensar antes de actuar, pero en aquel momento, solo podía pensar en salvar a la mujer con la que había discutido tres horas antes.

«Olvídalo, concéntrate en llevar a Olivia al hospital».

La rodeó con la manta por las piernas y cargó con ella. Su familia estaba en el pasillo, en la puerta de la suite. Pasó junto a su padre y su hermano, sin contestar a sus ofrecimientos de ayuda. Olivia era su prometida, su responsabilidad.

Y se sentía culpable de aquello. Sabía que si se hubiera mostrado más accesible, si no la hubiera presionado tanto, Olivia le habría contado sus problemas de fertilidad y habrían encontrado una solución.

La limusina estaba esperando al pie de los escalones. La colocó en el asiento trasero y la sostuvo sobre su regazo. Fue entonces cuando se dio cuenta de la intensidad de sus latidos. El dolor que sentía en su pecho no se debía al esfuerzo de haber cargado con ella por el palacio, sino a verla tan pálida y desvalida.

—Más rápido —le dijo al conductor al atravesar la verja del palacio.

El potente motor del coche rugió mientras atravesaban la ciudad a toda velocidad, pero aquel trayecto de quince minutos nunca se le había hecho tan largo.

Gabriel acercó los labios a la frente de Olivia y rezó para que aguantara y luchara.

A la entrada de urgencias del hospital, cinco personas rodearon el coche al detenerse. Stewart debía de haber llamado para avisar de que estaban de camino. Colocaron a Olivia en una camilla y se la llevaron antes de que tuviera ocasión de decir nada. Salió corriendo tras ellos, escuchando fragmentos de su jerga médica mientras la llevaban dentro.

Pensaba que lo dejarían entrar, pero una enfermera le bloqueó el paso.

—Dejad que los médicos trabajen —dijo con voz amable, pero firme.

—¿Cuándo sabré algo?

—Me aseguraré de que os mantengan informado.

—Ha perdido mucha sangre.

—Lo sabemos.

Lo acompañó a una sala de espera privada y le ofreció café.

—No, gracias. Lo único que quiero es información.

La enfermera asintió y se marchó.

Una vez a solas, Gabriel hundió la cabeza en sus manos y se dejó llevar por la desesperación. No podía morirse, no podía dejarlo. No sabía cómo afrontar el futuro, cómo convertirse en rey sin tenerla a su lado. Recordó las palabras de su madre. Ella también había sufrido para darle a su marido el heredero que tanto ansiaba. Cuando los métodos naturales habían fallado, habían pedido ayuda a especialistas. Y habían acabado teniendo cuatro hijos.

Olivia y él también recurrirían a especialistas y tendrían hijos.

–¿Gabriel?

Una mano se apoyó en su hombro. Levantó la cabeza y miró a su hermana a la cara. Ariana le acarició la mejilla y sintió humedad.

–¿Está…?

Gabriel negó con la cabeza, adivinando la conclusión que estaba sacando.

–La están examinando.

–¿Se sabe cómo está?

–No. La enfermera me ha dicho que me mantendría informado, pero no ha vuelto –dijo, y miró la hora–. De eso hace treinta minutos.

¿Qué había ocurrido mientras había estado perdido en sus pensamientos?

–Se pondrá bien, Gabriel.

Gabriel abrazó a su hermana, que se estrechó contra él para reconfortarlo.

–Majestades, príncipe Gabriel, princesa Ariana –dijo un hombre con bata verde a poco más de un metro de la pareja real–. Soy el doctor Warner.

Gabriel sintió al abrazo de Ariana y agradeció su apoyo.

–¿Cómo está Olivia?

–No voy a mentir, no está bien. Ha perdido mucha sangre –respondió el médico, poniéndose aún más serio–. Todavía sigue la hemorragia.

–¿Qué es lo que no nos está contando?

–La única manera de salvarla es practicándole una histerectomía. Vamos a hacer todo lo posible por evitar una medida tan drástica.

–Haga lo que haga falta para salvarle la vida –dijo Gabriel clavando la mirada en el médico–. Lo que haga falta.

Capítulo Diez

La primera vez que Olivia abrió los ojos, solo sintió dolor. Luego, algo cambió, el dolor cedió y volvió a perder el conocimiento.

La siguiente vez, estuvo despierta más tiempo. Oyó voces, pero estaban demasiado lejos como para entender lo que decían. El dolor volvió. Lo único que quería era salir de aquel aturdimiento.

La tercera vez que recuperó la conciencia, notó que le dolía el vientre. Asustada, miró a su alrededor en la habitación del hospital. No había nadie; estaba sola.

Se sintió vacía, como un globo lleno de aire.

Lo último que recordaba era discutir con Gabriel. ¿Dónde estaba? ¿Sabía que estaba en el hospital? ¿Le importaría? Sintió que el corazón se le encogía.

—Me alegro de verla despierta —dijo una enfermera al entrar en la habitación—. ¿Qué tal va el dolor?

—Soportable. ¿Podría beber agua?

La enfermera acercó un vaso y le colocó la pajita en los labios. Dio un sorbo y volvió a apoyarse en la almohada, agotada por aquel sencillo esfuerzo.

—Me siento muy débil.

—Ha pasado por mucho.

—¿Qué me ha pasado?

—Enseguida vendrá el médico a hablar con usted.

Sin energía para discutir, Olivia cerró los ojos y dejó que su mente vagara. Aquel silencio la ponía nerviosa. Trató de aclararse las ideas y buscó su último recuerdo. Su regla había sido más abundante de lo habitual y los calambres… Asustada, se llevó la mano al vientre.

Justo entonces, la puerta volvió a abrirse y un hombre con bata entró.

–Buenas tardes, soy el doctor Warner.

–Me gustaría poder decir que es un placer conocerlo.

–Lo entiendo. Ha pasado por un momento muy difícil.

–¿Qué me ha pasado?

–Ha tenido una hemorragia y nos ha costado detener la pérdida de sangre –dijo tomando el informe que estaba a los pies de la cama–. ¿Sigue teniendo dolores?

–Bueno, ahí estás –respondió, y esperó a que el médico leyera el informe–. ¿Cómo ha conseguido detener la hemorragia?

–Mediante cirugía. Ha sido una intervención algo compleja.

Aunque no dijo nada específico, por su expresión supo que había sido algo serio.

–Nunca podré tener un hijo, ¿verdad?

–Lo siento. La única manera para detener la hemorragia era extirpándole el útero.

Olivia cerró los ojos para no ver la expresión de lástima del rostro de aquel hombre. Se aferró a las barras de la cama, sintiendo que su mundo se tambaleaba. Apretó los dientes para contenerse. Ya lloraría más tarde, en privado.

–Sé que le costará asumirlo. Es muy joven para pasar por algo así.

–¿Quién lo sabe?

–Su padre y la familia real.

–¿La prensa?

–Por supuesto que no.

–¿Está mi padre aquí?

–Está en la sala de espera con el príncipe Gabriel. Estuve hablando con él hace una hora.

–¿Podría verlo, por favor? Solamente a él, a mi padre.

–Le pediré a la enfermera que vaya a buscarlo.

Pero el que apareció no fue el conde británico sexagenario con pelo gris y barba pulcra, sino un hombre alto de mirada perdida y sombra de barba en las mejillas. A Olivia se le aceleró el pulso al ver a Gabriel entrar en la habitación, con la ropa arrugada y expresión impasible. Fue a tomarle la mano, pero ella la apartó justo a tiempo.

–Lo siento –dijo, incapaz de mirarlo a los ojos–. Debería haberte explicado mis problemas médicos. Pensé que todo iba a salir bien.

–Nos has asustado –dijo, y tomando una silla, la acercó a la cama y se sentó–. Cuando te encontré en el suelo del cuarto de baño, inconsciente, pensé que...

Olivia apenas podía respirar.

–Lo siento, no sabía que interrumpir la píldora iba a causar esto.

Sin poder evitarlo, sollozó. Luego, las lágrimas comenzaron a rodarle por el rostro y Gabriel le acarició el pelo y le apretó la mano. Su ternura la hacía sentirse peor.

–Olivia, no sabes cuánto lo siento.

Le llevó la mano a la mejilla y Olivia sintió que el calor de los dedos se le extendía por el brazo hasta el resto del cuerpo, mientras observaba la tristeza infinita de sus ojos.

–Estaré bien –mintió, consciente de lo mucho que deseaba encontrar en él consuelo–. Al menos, ahora no hay ninguna duda sobre si puedo tener hijos. Ya no tendrás que cuestionarte si al casarte conmigo cometías un error.

–Casarme contigo nunca habría sido un error.

–Ya no importa, no vamos a casarnos.

–No quiero renunciar a lo nuestro –repuso, cubriendo su mano con la suya y mirándola a los ojos.

–Lo nuestro no tiene futuro –dijo ella, librando su mano–. Algún día serás rey de Sherdana. Tienes que anteponer los intereses del país.

–Tengo dos hermanos.

–Por favor.

No soportaba seguir escuchando más. Cualquier cosa que dijera podía hacer que se sintiera optimista y no quería darle esperanzas de que todo saldría bien.

–Estoy muy cansada y tengo dolores. Quiero ver a mi padre.

Gabriel parecía querer decir algo más. Olivia sacudió la cabeza y cerró los ojos, mientras otra lágrima le surcaba la mejilla.

–Preferiría que no volvieras a visitarme.

–No puedo aceptarlo.

–Por favor, Gabriel.

–Iré a buscar a tu padre.

Esperó a que se fuera para abrir los ojos. Todavía sentía en sus dedos el calor de la mejilla de Gabriel. Eso le hizo recordar todas las veces que sus manos habían explorado los contornos masculinos.

Se estiró para alcanzar una caja de pañuelos y se sintió exhausta. Aquella debilidad era frustrante. Antes de caer en la desdicha, su padre entró en la habitación. Su abrazo volvió a despertarle emociones y empezó a llorar de nuevo. Esta vez no sintió la necesidad de contenerse.

–Quiero irme a casa.

–El doctor quiere que te quedes aquí al menos una semana.

–¿Y no puede ser en un hospital de Londres?

–No estás en condiciones de viajar. Es solo una semana. Entonces, te llevaré a casa.

Una semana era demasiado tiempo, más del que su cuerpo necesitaba para sanarse, aunque eso no sería posible hasta que estuviera a kilómetros de Sherdana y de su príncipe.

Después de hablar con Olivia, Gabriel regresó solo al palacio, en un torbellino de emociones. El personal desapareció al verlo entrar en dirección a su despacho. Era como si hubieran visto al demonio en persona.

Después de haber esquivado la muerte, su primera decisión había sido terminar con su relación. Lo había hecho con elegancia, asumiendo su responsabilidad y liberándolo para que pasara página con la conciencia tranquila.

–Pasar página –dijo en voz alta, como si estuviera maldiciendo.

A pesar de lo enfadado que se había sentido al enterarse de su problema, en ningún momento había considerado poner fin a su relación. ¿Cómo remplazar a Olivia en su vida después de haberle hecho el amor y haberla visto con sus hijas?

Entró en su despacho y se sentó en una butaca, junto a la chimenea. Había estado levantado toda la noche. Debería sentirse agotado, pero la rabia ardía en sus venas. Se masajeó las sienes para aliviar el dolor de cabeza que se le había levantado después de salir de la habitación de Olivia en el hospital. Tal vez ya lo doliera antes, pero hasta aquel momento, solo había estado pendiente de Olivia.

Pero después de dejarla, se había dado cuenta de que el papel que ocupaba en la vida de Olivia había acabado. Y el de ella en la suya. En adelante, no serían más que unos extraños. Probablemente apenas intercambiaría unas palabras antes de que volviera a Inglaterra y a su vida anterior.

–¿Alteza? –dijo el secretario de Gabriel asomándose por la puerta.

–Ahora no, Stewart.

Necesitaba tiempo para hacerse a la idea. No se había imaginado tener que vivir sin Olivia y no quería fingir que todo aquello no le había afectado.

–Alteza –insistió Stewart–, vuestro padre, el rey, quiere hablar con vos.

–Sé que mi padre es el rey –dijo Gabriel, descargando la ira en su secretario.

Luego, se levantó bruscamente, dispuesto a enfrentarse a lo que su padre tuviera que decirle, en vez de hacerle esperar a que se duchara y cambiara de ropa.

Encontró a su padre hablando por teléfono en su despacho y se sirvió un whisky mientras esperaba a que terminase.

–Es un poco pronto para eso, ¿no te parece? –dijo el rey nada más colgar.

–Creo que un hombre tiene derecho a beber después de que su prometida rompa con él, ¿no?

El rey le dirigió una dura mirada mientras se le-

146

vantaba y se acercaba a la bandeja con la cafetera. Después de servir una taza, fue hasta Gabriel y se la cambió por la copa.

–Acabo de hablar con *lord* Darcy. Me ha contado que Olivia y tú habéis puesto fin a lo vuestro.

Gabriel se encogió de hombros. Así que el viejo conde estaba retirando su oferta de instalar la fábrica, puesto que su hija no iba a convertirse en reina de Sherdana. No podía culparlo por cambiar de opinión.

–Fue ella la que decidió terminarlo, pero no te preocupes. Christian nos encontrará otros inversores –dijo, y dio un sorbo al café, mirando por encima del borde de la taza a su padre–. Tal vez alguno de ellos tenga alguna hija disponible, ya que al parecer vuelvo a estar en el mercado.

El rey no contestó a aquel comentario.

–Naturalmente, me gustaría tantear otras compañías, pero no es urgente. Darcy está decidido a continuar con sus planes.

A punto estuvo de caérsele la taza a Gabriel. Por sus reuniones con *lord* Darcy, sabía que aquel hombre era un empresario práctico. Sherdana era una buena opción para su expansión, pero no la única y, probablemente, tampoco la mejor.

Olivia, aquello debía de ser idea de Olivia.

–Olivia debe de haberlo convencido para que mantenga su palabra –dijo Gabriel poniéndose de pie–. No hay otra razón para que Darcy actúe así.

–Pero si no vais a casaros, ¿por qué ha convencido a su padre de que cumpla lo acordado?

–Porque ella es así –intervino Gabriel–, es honesta. Es el tipo de persona que siempre cumple sus promesas. A diferencia de mí.

Esta vez, su padre no pudo ignorar su amargura.

–No estás faltando a ninguna promesa –sentenció el rey–. Ella se ha dado cuenta de que nunca podrá darte un heredero y ha puesto fin a vuestro compromiso.

Entonces cayó en la cuenta. No quería romper su compromiso.

Olivia había prometido casarse con él y, si era tan honesta como acababa de decir, lo haría.

Después de seis días interminables en el hospital, en el que el dolor y la pena la acompañaron constantemente, Olivia se sentía vacía de cuerpo y espíritu. Durante casi todo el tiempo, había permanecido con los ojos cerrados, aturdida por los efectos de la medicación que atenuaba el dolor de su vientre y por la agonía que sentía en su corazón. Sin la capacidad de tener hijos, se le presentaba un futuro oscuro. Abandonada por el optimismo, había sido incapaz de dejar de llorar.

Aquella mañana, veinticuatro horas antes de que le dieran el alta, le dio instrucciones a Libby para que le llevara sus expedientes y pudiera hacer una lista de todo aquello a lo que se había comprometido en el último mes.

–¿Está segura de que quiere ocuparse de esto? –preguntó Libby, con una docena de expedientes contra el pecho.

Olivia le indicó que le dejara los expedientes en la mesa que había junto a su cama.

–Tengo que encontrar algo con lo que mantener la cabeza ocupada o me volveré loca.

Libby obedeció y se sentó en una silla con su ordenador portátil.

–¿Cómo están Bethany y Karina?

–La echan de menos –respondió Libby–. Todo el mundo en el palacio la echa de menos.

Olivia no quería hablar de aquello, así que cambió el tema de conversación.

–¿Han encontrado ya a la hermana de Marissa?

–Me temo que no.

El recuerdo del ataque de la mujer había resurgido dos días después de que Olivia se despertara. No le había extrañado que nadie le hubiera preguntado por aquel incidente, puesto que había asumido que la hermana de Marissa había desaparecido del palacio sin que nadie se diera cuenta.

–Su apartamento de Milán está siendo vigilado –continuó Libby–, pero no ha vuelto por allí. Por lo que tengo entendido, lleva seis meses sin hablar con sus amigos. Pero estoy segura de que el príncipe Gabriel no parará hasta dar con ella.

–Me sentiré mejor cuando eso ocurra –dijo Olivia, y tomó el primer expediente del montón.

Era el presupuesto para hacer unas obras de mejora en una escuela que había apadrinado en Kenia.

Aquello la animó. Nada mejor que preocuparse de problemas ajenos.

Ariana y Christian la visitaron varias veces durante los siguientes días. Pero Gabriel no apareció. Lo había apartado de su lado y le había pedido a Libby que le hiciera a entender que quería que se mantuviera alejado. Su dolor seguía siendo intenso. Todavía no estaba preparada para enfrentarse a él. Antes, tenía que asumir el fin de su compromiso y la perspectiva de un futuro vacío.

–El príncipe Gabriel está muy preocupado por usted –dijo Libby.

–Espero que le hayas dicho que me estoy recuperando.

–Quizá quiera comprobarlo por sí mismo.

Olivia sintió un nudo en la garganta y sacudió la cabeza. Las palabras del papel que tenía en la mano se nublaron y parpadeó para aclarar la vista.

–Está realmente preocupado por usted. Es evidente –dijo Libby, y se echó hacia delante, con un brillo intenso en los ojos–. Creo que nunca había visto un hombre tan angustiado como cuando creíamos que iba a morir. Le ordenó al médico que hiciera lo necesario para salvar su vida.

–Es normal que esté preocupado –convino, deseando que todo fuera tan sencillo como eso–. Estas últimas semanas hemos... intimado. Pero necesita un heredero, y eso es algo que no puedo darle.

–Pero lo ama, eso tiene que contar para algo –dijo Libby suavemente, como si temiera la reacción de Olivia al hablarle con tanto atrevimiento.

Olivia empezó a dibujar círculos en su cuaderno. Amaba a Gabriel, pero no quería que lo supiera. No quería que cargara con algo así. Bastante culpable se sentía ya por Marissa. No quería que sufriera todavía más porque otra mujer sintiera un amor desesperado e imposible hacia él.

–Le amo, pero por favor no se lo digas a nadie –dijo rápidamente al ver que el rostro de Libby se iluminaba–. El príncipe Gabriel necesita encontrar a alguien con quien casarse. No quiero que piense en mí mientras corteja a su futura esposa.

La idea de Gabriel con otra mujer le resultaba dolorosa, pero trató de contenerse.

–Creo que debería saberlo.

Olivia esbozó una triste sonrisa.

—No. Sherdana se merece una reina que pueda tener hijos.

—¿Y lo que usted merece? —insistió Libby—. ¿No se merece ser feliz?

—Lo seré —le aseguró a su secretaria—. Mi vida no está acabada. Voy a empezar un capítulo nuevo, aunque no sea el que esperaba. Tampoco es habitual conseguir lo que uno quiere.

Capítulo Once

Gabriel había perdido el apetito revisando las fotografías de las mujeres que había rechazado seis meses atrás.

—¿Qué te parece Reinette du Piney? —le preguntó su madre, mostrándole la imagen de una atractiva morena.

—Es patizamba —replicó, levantando con la cuchara un trozo de zanahoria del plato—. ¿Qué es esto que estamos comiendo?

—Zanahorias en crema de anís. El chef está probando platos nuevos.

—Deberías decirle que deje de tomarnos por sus conejillos de indias.

—Gabriel, no puedes rechazar a Du Piney por ser patizamba.

No era por eso por lo que la rechazaba, sino porque la única mujer con la que quería casarse le había dejado bien claro que iba a hacer lo correcto por Sherdana, aunque él no quisiera.

Su madre le había insistido para que volviera a buscar esposa, a pesar de la rotunda negativa de Gabriel.

—Solo pienso en nuestros hijos —replicó, dejando la cuchara y la servilleta a un lado—. Imagínate cómo se reirán de ellos en el colegio si heredan esa característica tan desafortunada de su madre.

—Nadie se reirá de tus hijos en el colegio porque serán educados en casa, al igual que tú y tus hermanos –dijo su madre, y sacó otra fotografía–. ¿Qué me dices de Amelia? Siempre te ha caído bien.

–Sí, es agradable, pero no creo que su marido quiera compartirla conmigo.

–Vaya.

Gabriel habría sonreído si no se hubiera sentido tan irascible. Olivia había dejado el hospital unos días antes y se estaba quedando en el hotel Royal Caron hasta que el médico le autorizara viajar. Al sobornar al hombre con una generosa donación para modernizar el área de radiología, Gabriel había conseguido que permaneciera más tiempo del necesario en Sherdana. Deseaba poder disculparse con ella en persona, pero se había negado a verlo.

–Gabriel, ¿me estás escuchando?

–No voy a casarme con ninguna de esas mujeres.

Su madre se sentó y se quedó mirándolo fijamente con los ojos entornados.

–¿Ya tienes a alguien en mente?

–Sí, es la misma persona con la que he deseado casarme desde el principio.

Olivia.

–No pareces sorprenderte.

–Eres como tu padre. Él también es un romántico empedernido. Ni siquiera se planteó divorciarse de mí cuando no me quedaba embarazada. Ni siquiera cuando lo dejé y le hice creer que estaba enamorada de otro hombre.

–¿Cómo? ¿Te enamoraste de otro mientras estabas casada con papá?

–Por supuesto que no. Pero salió en mi busca y descubrió que no había ningún otro hombre. Por fin asumí lo que el doctor me había dicho, que no podía quedarme embarazada al modo tradicional, así que buscamos una solución.

–Estoy sorprendido –admitió Gabriel.

–¿Porque tu padre te aconsejó que rompieras tu compromiso con Olivia incluso antes de la histerectomía? Tienes que entender lo difícil que fueron aquellos días para nosotros. Las dudas, las preocupaciones... Fue muy duro para ambos y para nuestro matrimonio, y eso que estábamos muy enamorados.

–Y Olivia y yo no.

El comentario de su madre le molestó. Teniendo en cuenta que apenas había empezado a conocer a la mujer con la que pensaba casarse, era imposible pensar que pudiera amarla.

Pero si no era amor, ¿qué era lo que sentía por Olivia?

–Solo quiere ahorrarte sufrimiento –dijo la reina tomando la mano de su hijo–. Ambos lo queremos.

–¿Cambiarías algo de la decisión que tomaste? –preguntó Gabriel mirándola a los ojos–. Teniendo en cuenta todo el sufrimiento por el que pasaste, ¿habrías dejado al hombre que amabas sin volver la vista atrás?

Su madre desvió la mirada y se enderezó en su asiento. Su expresión era firme y triste a la vez.

–No.

–Gracias.

Gabriel se levantó y rodeó la mesa para besar a su madre en la mejilla. Esperaba que le preguntara qué pensaba hacer y le sorprendió una vez más quedándose callada.

Dejó a su madre y subió la escalera para esperar la llegada de Olivia. Había hablado con su madre para ir a visitar a Bethany y Karina y llevarles un regalo de cumpleaños. Gabriel sabía que se estaba aprovechando de sus hijas para ver a Olivia, pero se sentía desesperado. Si sus hijas le habían enseñado algo era a disfrutar del momento. Con ellas, no había pasado ni futuro. Disfrutaban de los abrazos, las travesuras y los paseos a caballo. Cada segundo con ellas le recordaba que las cosas maravillosas no tenían por qué surgir de situaciones ideales.

Las gemelas no estaban en su habitación. Había organizado para ellas un picnic en el jardín y en media hora estarían de vuelta para dormir la siesta. Confiaba en tener tiempo suficiente con Olivia. Mientras esperaba, se sentó en la cama de Bethany y tomó la foto de Marissa de la mesilla de noche. Olivia había elegido aquella foto en particular para enmarcar y que las niñas recordaran a su madre.

Marissa estaba embarazada en la foto, quizá de siete meses, y acarició su sonrisa en la imagen. ¿Por qué no se había puesto en contacto con ella? ¿No quería cargarle con la responsabilidad? ¿Había temido que la rechazara de nuevo? No habría podido casarse con ella, ni tampoco lo habría hecho. Aunque las leyes de Sherdana no hubieran dictaminado que su esposa tuviera que ser nacional del país y de origen noble para que su descendencia pudiera heredar la corona, donde Gabriel y Marissa habían sido más compatibles era entre las sábanas, en las que habían pasado casi todo su tiempo juntos.

Fuera de la cama, el carácter apasionado de Marissa se adivinada en sus emociones turbulentas y en su inseguridad. Sabía que lo último era por su culpa. No podía ofrecerle un futuro y se merecía algo mejor. Al final, la había dejado marchar y, en parte, se había sentido aliviado.

Había antepuesto las necesidades de Sherdana a las de ella. Había hecho lo mismo con Olivia, solo que esta vez no estaba tan seguro de haber tomado la decisión correcta. No tenía la sensación de haberse quitado una carga. Sus hijas eran lo único brillante de su futuro. Su madre quería que eligiera esposa, pero no podía tomar esa decisión hasta que hablara con Olivia para saber lo que sentía.

Olivia comenzó a subir lentamente la escalera del palacio, pero se quedó sin respiración nada más llegar al primer rellano. Se cruzó con varias doncellas, pero ninguna le prestó demasiada atención. Aun así, se sentía como una intrusa en el lugar donde había pensado que pasaría el resto de su vida.

Se obligó a seguir subiendo, sujetando los paquetes que contenían las muñecas de porcelana para las niñas. Por bonitas que fueran, aquellos juguetes tan delicados estaban condenados. Pero Olivia había querido compartir algo especial con las niñas. Las muñecas eran iguales a las que su madre le había comprado, aunque no había vivido lo suficiente para darles el regalo.

Sabía que era egoísta pretender que la recordaran. Primero, su madre había muerto, y ahora tenían que asumir separarse de alguien en quien confiaban. Eran demasiados cambios para unas niñas tan pequeñas. Al menos, contaban con su padre y le tranquilizaba saber que Gabriel quería mucho a sus hijas.

En dos días, las pequeñas cumplirían dos años. La fiesta que Olivia había estado preparando durante las dos últimas semanas había sumido el palacio en una actividad frenética. Por mucho que deseara asistir, era impensable. Aunque sabía que a las gemelas les gustaría que estuviera, serían las únicas de la familia real que querrían verla.

¿Quién podía culparles? La anulación de su compromiso con Gabriel había hecho que la prensa empezara a especular acerca de a quién elegiría por esposa. Tenía que desaparecer de Sherdana, pero no podía irse sin despedirse de Bethany y Karina.

La lentitud con la que subió al segundo piso le dio tiempo para recordar el futuro dorado con el que había soñado la primera vez que había subido aquellos escalones junto a aquel apuesto príncipe.

Era arriesgado ir al palacio. Podía encontrarse con Gabriel y perder la poca paz que había conseguido reunir. A la vez, le excitaba la idea de encontrarse con él. Era consciente de que nunca estarían juntos, pero eso no frenaba el deseo de volver a verlo una última vez.

Le molestaba que no hubiera ido a verla después de la operación y sabía que eso no tenía sentido. Era ella la que había puesto fin a la relación. Por un lado, se sentía aliviada de que hubiera respetado sus deseos, pero lamentaba que Gabriel le hubiera tomado la palabra al pie de la letra.

Sin embargo, lo que más le dolía después de lo que había pasado era que continuara ansiando su compañía.

Olivia se detuvo al llegar al último escalón y se agarró al pasamanos para recuperar el aliento, antes de enfilar el pasillo hacia la habitación de las niñas. Sabía que estarían acabando de comer y había elegido aquel momento para visitarlas.

Cuando llegó a la habitación, en vez de a las

gemelas se encontró a Gabriel. El corazón le dio un vuelco. Estaba sentado en la cama de Bethany, con un marco de plata en las manos, acariciando el rostro de la mujer de la foto, Marissa.

Había mucha tristeza en su expresión. Sintió lástima por él, pero las lágrimas que brotaron en sus ojos no fueron por Gabriel, sino por ella. Le había creído cuando le había dicho que había olvidado a Marissa, pero tres años más tarde seguía lamentando lo que podía haber sido.

De repente, aquello no le pareció una buena idea. Tenía que haberle pedido a Libby que llevara a las niñas al hotel en vez de volver al palacio, pero la prensa se había apostado a la entrada a la espera de que hiciera declaraciones sobre la ruptura de su compromiso. Para la escasa distancia entre la puerta del hotel y el coche, se había puesto gafas de sol y un sombrero para evitar que le hicieran fotos. No podía poner a las niñas en medio de aquel caos.

—¡Olivia!

Gabriel levantó la cabeza al oír unos gritos entusiasmados. Sus ojos se encontraron con los de ella. Olivia se tambaleó ante el impacto de las niñas abrazándola por las caderas y de la intensidad de su mirada.

Las pequeñas no paraban de zarandearla para reclamar su atención y no pudo reaccionar a lo que acababa de ver, pero se sentía contenta. Cada vez le costaba más mantener el equilibrio con aquellos paquetes frágiles y voluminosos que llevaba.

Gabriel se levantó y tomó los paquetes.

—Niñas, tened cuidado con Olivia. Ha estado enferma y está delicada.

—No me gusta estar enferma —dijo Bethany.

—Ya estoy mucho mejor, aunque todavía tengo

dolores –dijo Olivia, y señaló los paquetes que Gabriel había dejado sobre sus camas–. ¿Por qué no abrís vuestros regalos de cumpleaños? Espero que os gusten.

Mientras las niñas abrían los envoltorios, Olivia las observaba, aunque su atención estaba puesta en el hombre que tenía al lado. Era una tortura no estrecharse contra él y olvidarse de la última semana.

–Es un bonito detalle –dijo Gabriel mientras las niñas se emocionaban al descubrir las muñecas.

–Es algo para que se acuerden de mí. No pensaba que separarme de ellas fuera a costarme tanto.

La emoción le provocó un nudo en la garganta.

–Puedes quedarte más tiempo.

–No puedo, y creo que no es justo que me lo pidas.

¿Para qué iba a querer que se quedara? Sabía tan bien como ella que si se quedaba solo le traería problemas, especialmente en su búsqueda de una esposa.

–Últimamente, han ocurrido cosas que no han sido justas.

Le apartó un mechón de pelo del hombro y, al hacerlo, le rozó la piel.

Para sorpresa de Olivia, el deseo se desató. ¿Cómo era posible después de todo lo que había pasado? Alzó la vista para comprobar si Gabriel se había percatado de su reacción y, para su desgracia, así era.

–Olivia –dijo con voz profunda–. Tenemos que hablar –añadió tomándola de la mano.

Aquel roce hizo que sus latidos se desbocaran.

–Creo que ya nos hemos dicho todo lo que teníamos que decirnos.

159

–Tal vez tú sí, pero hay unas cuantas cosas que quiero que escuches.

Olivia dirigió la mirada hacia las gemelas. Por suerte, eran ajenas a la conversación entre Gabriel y ella. Las niñas habían pasado por demasiado y no se merecían verlos discutir. Les volvió la espalda y bajó la voz.

–No hagas esto. No quiero oír nada de lo que tengas que decir. Lo que necesito es irme de este país y olvidarme de todo.

–¿Puedes hacerlo? –murmuró, apoyando una mano en su mejilla–. ¿Eres capaz de olvidarme?

–¿Acaso tengo otra opción?

–Sí, quédate y luche…

–¿Luchar? Ya no me queda nada por lo que luchar –replicó con amargura–. Se ha acabado, Gabriel. No puedo tener hijos ni ser madre. Soy solo un cuerpo vacío y lo único que quiero es irme a casa y olvidar.

Olvidar su sonrisa, olvidar la sensación que le provocaban sus abrazos, olvidar lo mucho que lo amaba.

–¿Ah, sí? –preguntó tomándola de la nuca y atrayéndola hacia su cuerpo musculoso–. ¿Podrás olvidarme?

Olivia sintió que el pulso se le aceleraba y apartó la mirada. ¿Cómo era posible que lo deseara con tanta intensidad cuando le habían extirpado aquellas partes que la hacían una mujer completa?

–Porque yo nunca seré capaz de olvidarte –añadió con voz ronca.

No era justo que le dijera aquello, que la atormentara con un anhelo que no podía ser.

Del pecho al muslo estaba en contacto con él. La incisión le ardía como lo había hecho durante los primeros días después de la operación, recordándole que tendría una cicatriz permanente en su cuerpo que nunca le permitiría olvidar.

–Quizá de olvidar no, pero pasarás página y serás feliz –dijo tratando de mantener la voz firme para ocultar su nerviosismo.

Antes de que Gabriel pudiera responder, se vieron rodeados por las gemelas y Olivia no pudo apartarse de él. Al verla apurada, una sonrisa depredadora se dibujó en sus labios antes de fundirse con los de ella.

Olivia se rindió a la dulce sensación que invadió su cuerpo. Allí estaba su sitio, con aquel hombre y aquellas niñas, con la familia que siempre había deseado.

Todo su mundo se limitó al beso de Gabriel y al abrazo de las niñas y se olvidó de todas las razones por las que ese no era su futuro. Amar a Gabriel nunca le había parecido tan sencillo. Era libre para expresarse, para decirle lo que su corazón sentía.

«Te quiero».

No llegó a pronunciar aquellas palabras porque las niñas reclamaron su parte de atención al verlos separarse. Sus labios seguían sintiendo un cosquilleo después de que Gabriel diera un paso atrás.

–Quiero jugar –dijo Bethany.

–Es la hora de la siesta.

–Niñas, Olivia tiene razón. Hattie os leerá un cuento en cuanto os metáis en la cama.

Aunque le resultaba doloroso darles besos y abrazos, Olivia hizo frente a aquel último adiós. Cuando por fin accedieron a dejarla marchar, Olivia se había quedado muda.

Gabriel parecía comprender su sufrimiento, porque esperó a que se marcharan para hablar.

–¿Cuándo te vas?

–A finales de semana tengo cita con el doctor. Espero que me autorice a viajar.

–Deberías venir a la fiesta de cumpleaños de las gemelas. Lo has organizado todo y es lógico que vengas.

Se sintió tentada de retrasar su marcha un día más. Pero ¿para qué?

–Creo que será mejor que nos despidamos ahora.

–No estoy de acuerdo –dijo, y la tomó de la mano para impedir que se fuera–. Bethany y Karina se pondrán tristes si no vienes.

Deseó poder echar marcha atrás en el tiempo. Si no se hubiera dado tanta prisa en dejar de tomar la píldora, se habría casado con Gabriel en una semana. Claro que habría seguido teniendo la responsabilidad de concebir un heredero.

–No estoy preparado para despedirme –dijo el, interrumpiendo sus pensamientos.

Le gustó su comentario, hasta que recordó cómo le había visto observando la foto de Marissa. Tres años atrás, le había dado la espalda y había elegido cumplir con su país. Olivia había visto cómo se torturaba con aquella elección cada vez que miraba a sus hijas. ¿Acaso pensaba que anteponiendo el deber con su país lo redimiría de alguna forma por haberle fallado a Marissa?

–Ya lo has hecho. En el momento en el que mis problemas de fertilidad se convirtieron en noticia, la posibilidad de casarnos desapareció –dijo soltando su mano–. La gente de nuestra posición no tiene vida propia.

–Eso es cierto –murmuró, tomándola de la barbilla para que lo mirara a los ojos–. Tu vida está a mi lado.

Olivia se apartó y dio un paso atrás.

–No.

Pero sabía que tenía razón. Era suya en cuerpo y alma. Nunca habría ningún otro.

–Niégalo todo lo que quieras, pero he sido el primer hombre que te ha hecho el amor y el primero al que has amado. Puede que ese vínculo se estire, pero no se romperá.

El pulso se le aceleró al oír aquello. ¿Era consciente de lo que sentía por él? ¿Se había dado cuenta de la verdad o se estaba refiriendo al acto físico de amar?

–¿Por qué dices esas cosas? ¿Crees que marcharme me resulta fácil? Creí que mi vida iba a estar aquí contigo. No sabes cuánto me duele no poder casarme contigo. Pedirme que me quede es…

–Egoísta –la interrumpió, llevándose su mano a los labios–. Tienes razón, soy un egoísta.

Cuando le soltó la mano, Olivia cerró el puño. Su sinceridad había atenuado su frustración. Ella era responsable de aquella situación. Si le hubiera contado sus problemas de fertilidad, nunca le habría pedido matrimonio y no se habría enamorado de él.

–Tienes derecho a ser egoísta –dijo sonriendo–. Después de todo, eres un príncipe.

–Pero no me está sirviendo de nada, ¿no te parece?

Ella sacudió la cabeza.

–Iré a la fiesta de cumpleaños de las gemelas –replicó sin pararse a pensar.

Consciente de que ya no podía retirar lo que acababa de decir, Olivia permaneció en silencio mientras Gabriel la acompañaba al coche y la ayudaba a sentarse en el asiento trasero.

Mientras el coche avanzaba por el camino de acceso, Olivia se arrepintió de haber ido. Estaba claro que no había aprendido nada durante las últimas semanas. Gabriel tenía un poder sobre ella que resultaba peligroso. Por suerte, nunca sabría lo desdichada que se sentía sin él porque tenía la sensación de que estaba a punto de hacer algo increíblemente estúpido.

Capítulo Doce

Durante los dos siguientes días, Gabriel trabajó sin descanso para que Christian adelantara todo lo que pudiera surgir en las siguientes dos semanas. Tras su último encuentro con Olivia, había decidido tomarse un tiempo. La negativa de Olivia a continuar con su relación había puesto a Gabriel en una situación difícil. Sherdana necesitaba un heredero. Él necesitaba a Olivia. Aquellas fuerzas opuestas estaban acabando con él.

En la mañana del cumpleaños de Bethany y Karina, Gabriel estampó su firma en el último informe que requería su aprobación y fue a desayunar con sus hijas. Como de costumbre, estaban repletas de energía y sonrió al escuchar su conversación.

Le agradaba que Karina ya hablara más. Quizá no fuera nunca tan locuaz como su hermana, pero según iba ganando confianza, estaba demostrando tener una mente despierta y un gran sentido del humor. Tenía que darle las gracias a Olivia por aquel cambio, ya que con su cariño y paciencia había conseguido sacar a la pequeña de su cascarón. Gabriel temía que su marcha despertara en las niñas una sensación de abandono.

Tomó a Karina en su regazo y le hizo cosquillas hasta hacerla reír a carcajadas. ¿Podría hacerle entender a Olivia que había más en juego que darle un heredero a Sherdana? Quizá la fiesta fuera la oportunidad perfecta para que se sintiera querida.

La celebración empezaba a las tres. Se había montado una gran carpa en la explanada este del palacio. Había una orquesta tocando música infantil y una docena de niños bailando. Detrás, había un castillo hinchable. Al otro lado, los padres disfrutaban de un bufé de exquisiteces.

Gabriel se mantuvo cerca de Bethany y Karina mientras comían tarta y jugaban con los otros niños. Olivia no llegó hasta casi las cinco. Muy guapa, con un vestido de manga corta en color rosa, se mezcló con los invitados, saludando con una sonrisa a los que conocía.

Gabriel tomó un par de copas de vino de la bandeja de un camarero y recordó que Olivia quería haber visitado los viñedos del país. Otra cosa que añadir a su lista de cosas que le había prometido y que no había hecho.

–Me alegro de verte. Empezaba a pensar que no vendrías.

–He estado a punto de no venir –replicó, aceptando la copa de vino que le ofrecía–. Pero prometí hacerlo.

–Bethany y Karina se alegrarán.

Olivia dirigió la mirada hacia donde las gemelas corrían con otros niños.

–Parece que se lo están pasando bien.

–Todo gracias a ti. Es una fiesta estupenda.

–Libby se ha ocupado de todo.

–Pero la idea se te ocurrió a ti y tú lo has organizado todo. Se te da muy bien organizar fiestas.

–En Londres, formé parte de varios comités de organizaciones benéficas y tuve que organizar importantes acontecimientos, incluyendo fiestas de niños. Y hablando de niños, debería ir a saludar a Bethany y Karina. No puedo quedarme mucho.

Gabriel estudió su rostro. Las sombras bajos sus ojos le daban un aspecto de fragilidad.

–¿Tienes dolores?

–Solo estoy cansada. No estoy recuperando las fuerzas tan rápido como me gustaría y no duermo bien.

Gabriel le hizo tomarlo del brazo y comenzaron a caminar lentamente hacia las niñas. Su rigidez le preocupaba y deseó poder hacer algo por recuperar a la mujer feliz y vital que había sido hasta hacía dos semanas. Nunca se había sentido tan impotente.

Antes de llegar hasta las gemelas, las niñas los vieron y corrieron en su dirección. Al rodearla con sus pequeños brazos, Olivia esbozó una sonrisa radiante. Pero también se adivinaba tristeza, una tristeza que Gabriel podía borrar solo si ella se lo permitía.

Enseguida las pequeñas volvieron con los otros niños y Olivia se separó de Gabriel.

–Ya te he robado demasiado tiempo –dijo–. Tienes invitados que atender y yo tengo que irme.

–Eres la única que me preocupa.

La tomó por la muñeca y le impidió que se marchara.

–Por favor, no –susurró–. Ya me resulta demasiado difícil.

–Y es culpa mía. Déjame que te acompañe a la salida.

En vez de atravesar el palacio, la llevó hasta el salón verde para poder tener un poco de intimidad.

–Siento no haber hecho que las cosas funcionaran mejor entre nosotros.

Se detuvo en medio del salón y la obligó a volverse para mirarlo. Ella suspiró resignada y lo miró a los ojos.

–Has tratado el asunto como un futuro rey debe hacerlo. La que se equivocó fui yo. Debería haberte contado mis problemas médicos antes incluso de que me pidieras matrimonio.

–¿Y si te dijera que no habría importado?

Gabriel tomó la mano de Olivia y se la llevó a su corazón.

–Entonces, tendría que insultar al príncipe heredero de Sherdana y decirle que es un tonto –dijo, y trató de soltar la mano, pero no pudo–. Necesitas un heredero y yo no puedo dártelo.

–Desgraciadamente, así es. Pero eso no cambia el hecho de que te elegí y estoy decidido a construir una vida contigo. No quiero renunciar a eso.

–¡Es una locura! –exclamó–. Tienes que hacerlo, tienes que casarte con alguien que pueda darte hijos.

–Eso es lo que el país necesita, pero yo no soy un país. Soy un hombre y estoy cansado de anteponer las prioridades de los demás.

–No tienes elección –murmuró Olivia–. Serás rey. Tienes que hacer lo correcto y yo también.

Logró soltarse la mano y salió corriendo.

–Olivia.

Fue a seguirla, pero se dio cuenta de que no podía hacer nada en aquel momento para que cambiara de opinión. Sacó el móvil y marcó.

–No va a ceder.

–Siento oír eso, alteza. Ya está todo dispuesto para vuestra llegada. ¿Seguís pensando en viajar pasado mañana?

–Sí.

Con la agitación de las últimas semanas, proba-

blemente no fuera el mejor momento para dejar el país, pero había dejado que la situación con Olivia durase demasiado tiempo. Tenía razón cuando decía que no tenía otra opción para el futuro. El destino le había marcado un camino y no le quedaba más remedio que seguirlo hasta el final.

Se encontró a sus padres paseando por el jardín, del brazo, saludando a los invitados. Odiaba tener que interrumpir un momento tan agradable.

–Ha sido todo un detalle que Olivia haya venido.

–Quería felicitar a Bethany y Karina.

–Has pasado mucho tiempo con ella –comentó la reina.

Gabriel se preguntó qué sabía su madre de sus intenciones.

–Ha sido su primer acto social desde que anulamos el compromiso. Pensé que le vendría bien un poco de apoyo.

–Por supuesto. Lo que le ha pasado ha sido muy triste y no podemos darle la espalda. Pero no debes darle esperanzas.

Aunque la reina se había mostrado comprensiva con Olivia, sus prioridades eran su familia y el país.

Gabriel sonrió con amargura.

–Es consciente de que necesito una esposa que pueda darme hijos. Si todavía no te has dado cuenta, es que no la conoces bien.

La reina dirigió una dura mirada a su hijo.

–Claro.

Gabriel dirigió la vista hacia sus hijas, que jugaban a perseguirse entre los arbustos. El sonido de sus risas le hacía sentirse feliz.

–Quería deciros –dijo volviéndose hacia sus padres–, que en un par de días me iré de viaje una semana.

–¿Es este el mejor momento? –preguntó su padre.

–Tal vez no, pero tengo que pensar en el futuro y Sherdana sigue necesitando una princesa.

El rey frunció el ceño.

–¿Y la cena con el embajador de España?

–Christian se hará cargo de todo mientras esté fuera. Ya sabéis que no soy el único príncipe de esta familia. Es hora de que mis hermanos lo recuerden.

–Me alegro de oír que estás dispuesto a pasar página –dijo su madre–. ¿Puedes contarnos cuáles son tus planes?

–Prefiero esperar hasta que todo haya acabado antes de decir nada.

–Muy prudente –intervino su padre.

Gabriel se preguntó si el rey diría lo mismo si supiera dónde iba a ir y por qué.

Dos días después de la fiesta de cumpleaños, Olivia estaba en la consulta a la espera del médico, conteniendo la tristeza. Iba a volver a Londres al día siguiente, de vuelta a su apartamento y a sus amigos.

No iba a ser un regreso triunfante. Había perdido la capacidad de tener hijos y, como consecuencia de ello, al hombre al que amaba. Pensar en el futuro aumentaba su sufrimiento, así que había pasado los últimos días terminando algunas tareas, como ultimar el menú de la gala de la inauguración del ala infantil del hospital que se iba a llevar a cabo al mes siguiente.

Después de diez minutos de espera, el doctor Warner entró en la consulta.

–Todo parece estar bien –anunció el médico–. No hay motivo para que no pueda viajar cuando quiera.

–Me voy mañana.

–No olvide acudir a una revisión con su médico en un par de semanas, le podrá recomendar algún especialista en fertilidad.

–¿Un especialista en fertilidad? –repitió–. No lo entiendo. No puedo tener hijos.

–No puede gestarlos, pero sus ovarios están intactos. Se podría extraer sus óvulos y congelarlos por si decide ser madre en un futuro.

–¿Puedo ser madre? –preguntó sin salir de su asombro.

–Tendrá que encontrar un vientre de alquiler y, por supuesto, un padre. Pero desde luego que existe la posibilidad.

–No imaginaba…

–La ciencia hace milagros.

El doctor la dejó para que se vistiera y un torbellino de emociones invadió a Olivia. Su primer impulso fue llamar a Gabriel para darle la noticia. Entonces, se imaginó cómo sería la conversación:

–Gabriel, tengo buenas noticias. Parece que después de todo, puedo ser madre. Es arriesgado y haría falta otra mujer que llevara el embarazo, pero sería mi óvulo.

¿Aceptaría un país tan tradicional como Sherdana a un príncipe concebido en un tubo de ensayo y que no se hubiera gestado en el vientre de su madre? ¿Podría aceptarlo Gabriel?

Cuando llegó a su hotel, no paró de dar vueltas por la suite, valorando todas las posibilidades. Sostenía el teléfono contra su pecho, mirando al río por la ventana, tratando de reunir el coraje necesario para marcar el número de Gabriel, decirle que lo amaba y descubrir si estaba dispuesto a correr el riesgo con ella.

Cuando por fin llamó, el sol ya se había puesto. Con el corazón latiendo con fuerza, fue contando los timbres hasta que saltó el buzón de voz. Contuvo el aliento unos segundos y colgó. No quería compartir nada con un buzón de voz.

A continuación, llamó a Stewart.

—Estoy intentando localizar a Gabriel —le dijo al secretario—. ¿Sabe si está en el palacio?

—No. Se fue hace dos horas.

—¿Sabe adónde ha ido? Es importante que hable con él.

—Lo siento, *lady* Darcy. Se ha marchado del país.

—¿Ha ido a Italia?

—Lo único que me ha dicho es que tenía que hacer algo que afectaría a las futuras generaciones de los Alessandro.

Olivia sintió un nudo en el estómago. Durante la fiesta de cumpleaños había visto al conde Verreos y a su preciosa hija charlando relajadamente con Gabriel. ¿Habrían llegado a un acuerdo? ¿Era ella la sustituta de Olivia?

—¿Hay alguna manera de localizarlo? —preguntó desesperada.

—Le he dejado varios mensajes, pero no me ha contestado —contestó Stewart.

—¿Cuánto tiempo piensa estar fuera?

—Una semana, diez días. Antes de marcharse, dejó instrucciones para que el avión de la familia real estuviera a su disposición. Así que mañana la llevará a Inglaterra.

—Qué amable.

Aunque se sentía decepcionada de que Gabriel

hubiera aceptado el fin de su relación, Olivia no estaba dispuesta a darse por vencida en su propósito.

–Cuando hable con él –continuó–, ¿puede decirle que voy a quedarme en Sherdana hasta que hablemos cara a cara?

Después de colgar con Stewart, Olivia llamó a su padre para decirle que iba a quedarse una semana más, aunque no le contó el motivo. Por suerte, su padre no insistió.

Sin nada que hacer, Olivia cenó pronto y se fue a pasear por el jardín del hotel. En vez de disfrutar del paisaje, a cada paso fue poniéndose más nerviosa. ¿Y si estaba pidiéndole matrimonio a Fabrizia en aquel preciso instante? Un dolor en el pecho la obligó a detenerse. Se sentó en un banco de piedra y trató de normalizar la respiración.

Una vibración en el muslo la distrajo. Sacó el móvil y vio que era Stewart el que llamaba.

–El príncipe me ha llamado hace un momento –le explicó Stewart–. No puede volver a Sherdana ahora mismo, pero cuando le expliqué que pretendía esperar a que volviera, me pidió que le preguntara si estaría dispuesta a tomar un avión y reunirse con él mañana.

Era lo que quería, pero presa del pánico, pensó que quizá pretendía decirle en persona que iba a pasar página.

–Por supuesto.

–El avión estará dispuesto a las diez. Mandaré un coche a recogerla.

–Gracias.

Olivia colgó y continuó dando vueltas por la habitación, preocupada.

¿Y si no daba con él antes de que le pidiera matrimonio a Fabrizia? ¿Y si a pesar del beso apasionado que se habían dado el día del cumpleaños de las gemelas no estaba dispuesto a someterse a un tratamiento de fertilidad para concebir a la siguiente generación de Alessandro?

Apartó aquellos pensamientos y se concentró en cómo iba a explicarle el cambio de circunstancias. Cuando Olivia regresó a su habitación, ensayó varias maneras para convencer a Gabriel de que podían tener hijos. Al final, decidió que la mejor manera era decirle que la amaba. Por suerte, solo tenía que esperar horas y no días para hablarle con el corazón en la mano.

A la mañana siguiente, el avión privado de la familia real avanzaba por la pista de despegue. Olivia miraba por la ventanilla con la vista borrosa. Apenas había descansado la noche anterior. Adormecida por el rugido de los motores, cerró los ojos y no fue consciente de haberse dormido hasta que alcanzaron la velocidad de crucero. Miró su reloj y comprobó que había dormido un par de horas.

Miró por la ventanilla esperando ver el paisaje verde de Italia, pero se encontró con el azul del agua. El avión aterrizó y se dirigió a un hangar privado.

–¿Dónde estamos? –preguntó al copiloto al desembarcar.

–Cefalonia –contestó el piloto, mientras cargaba con su bolsa de viaje hasta el coche que la esperaba–. En Grecia.

–Gracias –murmuró en agradecimiento a los dos hombres.

Se sentó en el asiento trasero del coche, sin saber muy bien por qué les daba las gracias.

–¿Adónde vamos? –preguntó al conductor al enfilar por una carretera costera con preciosas vistas al mar.

–Fiskardo.

Lo cual no le decía nada. ¿Qué clase de jugarreta le estaba haciendo Stewart? ¿Acaso se trataba de un plan para apartarla mientras Gabriel cumplía con su deber y se comprometía con una nueva novia?

Si Gabriel había orquestado todo aquello, iba a partirle el corazón en mil pedazos.

Sacó el móvil y llamó a Gabriel y luego a Stewart, pero no tuvo suerte. En cuanto llegara a su destino, pensaría qué hacer. Si todo aquello era idea de Stewart, buscaría otra manera de contactar con Gabriel. Quizá la reina la ayudara.

Olivia se quedó mirando por la ventanilla del coche al llegar a un pueblo costero. No conocía las islas griegas y tenía que reconocer que los paisajes eran espectaculares. Al menos, Stewart había elegido un lugar maravilloso para recluirla. Mientras el coche atravesaba el pueblo de casas blancas y balcones floridos, se preguntó si su destino final sería uno de los hoteles que daban al puerto. Su ánimo se vino abajo cuando el coche se detuvo a escasa distancia de los muelles.

Un atractivo moreno cincuentón salió a su encuentro. Al ver su sonrisa, recuperó el buen humor. Lo siguió por uno de los muelles en el que estaban amarrados barcos de vela, convencida de que aquella aventura tendría un final feliz. Al llegar junto a un lujoso barco de treinta y cuatro pies de eslora, la ayudó a embarcar.

–Me llamo Thasos –dijo.

–¿Adónde vamos, Thasos? –preguntó, aceptando una copa de vino.

–A Kioni.

Otro nombre que desconocía.

Olivia suspiró y dio cuenta del pan, el queso y las aceitunas que había en una bandeja. A cierta distancia, apareció otra isla en la que se distinguían olivos, cipreses y unas cuantas casas desperdigadas por las montañas.

Después de saciar el hambre y tomarse una segunda copa de vino, se quedó contemplando la línea costera. Tras noventa minutos de trayecto llegaron a otro puerto.

–Kioni –anunció Thasos con una gran sonrisa.

Olivia se preguntó a quién se encontraría allí. Mientras Thasos se ocupaba de la maniobra de atraque, ella se fijó en el pueblo. Más pequeño y tranquilo que Fiskardo, tenía el mismo encanto. Las casas se extendían desde el puerto hasta la loma de la montaña y por doquier destacaban las buganvillas con sus intensos tonos morados y magentas. Cuando Thasos apagó el motor, el único sonido era el de los cencerros de las cabras.

Se bajó del barco con la ayuda de Thasos y otro hombre que se hizo cargo de su bolsa y se dispuso a acompañarla el resto del camino. Olivia lo siguió y al cabo de unos pasos reconoció una figura alta que caminaba en su dirección: Gabriel.

Con pantalones blancos y camisa y chaqueta azul, tenía un aspecto desenfadado y elegante. El corazón le dio un vuelco al ver que se quitaba las gafas de sol y le sonreía.

No estaba en Italia pidiéndole matrimonio a la hija de un conde. Estaba allí y, por su expresión, se alegraba de verla.

Capítulo Trece

La expresión de Olivia al verlo hizo que Gabriel se sintiera el hombre más feliz del mundo.

–¿Qué estás haciendo aquí? Se supone que estabas en Italia.

–¿Italia? ¿De dónde has sacado esa idea?

–Stewart me dijo que habías ido a hacer algo que tendría consecuencias en las futuras generaciones de Alessandro. Pensé que ibas a proponerle matrimonio a la hija del conde Verreos.

–No, vine directamente aquí.

–¿Sabe Stewart dónde estás?

–No, sé que no le habría parecido bien lo que pretendía hacer.

–Por eso no entiendo qué estás haciendo aquí y por qué me has traído.

–Necesitaba tiempo para prepararme –dijo sonriendo–. Y pensé que estarías menos dispuesta a discutir si estabas cansada.

–¿Discutir de qué? –preguntó, reparando en el burro que Gabriel tenía al lado–. ¿Y qué estás haciendo con ese burro?

Gabriel le acarició el cuello al animal.

–Es tradición en las bodas griegas que la novia llegue en burro.

–¿Novia? ¿De qué estás hablando?

De repente se dio cuenta de que el burro llevaba un cesto con flores y un brillo de esperanza asomó a sus ojos azules.

–Completamente en serio. El sacerdote nos espera en la iglesia. Lo único que tienes que hacer es montar.

Al ver que no se lo creía, la tomó por la cintura y la estrechó contra él.

–Cásate conmigo –añadió, acariciándole la mejilla–. Por favor. No puedo vivir sin ti.

–¿Me amas? –preguntó ella con lágrimas en los ojos.

–Te amo, te adoro, eres mi vida. ¿Todavía no te has dado cuenta?

–¿Qué opinan tus padres? –dijo tomando su mano y apartándosela–. ¿Has pensado en el aluvión de opiniones negativas a las que tendrás que enfrentarte cuando vuelvas a casa?

–Nada de eso importa. Lo único que importa somos nosotros. Tengo dos hermanos, capaces de casarse y tener hijos. No hay razón por la que tenga que ser yo el que engendre la próxima generación de Alessandro. Era diferente cuando mi padre se convirtió en rey. Era el único descendiente masculino. Además, es hora de que mis hermanos asuman algo de responsabilidad.

Un grupo de vecinos y turistas se fueron congregando en la estrecha calle, atraídos por el burro y la conversación de Gabriel y Olivia. La luz dorada de la tarde bañaba la escena.

–Ninguno de los dos va a ser feliz.

–No me importa. Ha llegado la hora de que sea egoísta. Vamos a casarnos hoy mismo, ahora. Y no acepto un no por respuesta.

La idea de que estuviera dispuesto a casarse con ella a pesar de su incapacidad de tener hijos la entusiasmaba y no pudo seguir esperando para darle la noticia.

–Hay algo que tengo que contarte.

–¿Que me quieres?

–No.

–¿Que no me quieres? –bromeó.

–Por supuesto que te quiero, pero no es eso lo que quiero decirte. Ayer cuando fui al médico, me dio una muy buena noticia.

Gabriel se puso serio y la tomó de la mano.

–¿Es algo malo?

–No, todo lo contrario. Cree que un especialista en fertilidad puede extraer óvulos de mis ovarios –dijo, atenta a la reacción de Gabriel–. Sería necesario encontrar un vientre de alquiler, pero es posible que podamos tener hijos juntos.

–Es una noticia maravillosa.

Gabriel la tomó por la cintura y la estrechó contra su cuerpo. Luego, inclinó la cabeza y fundió los labios con los suyos en un apasionado beso.

Cuando se apartó de ella, ambos jadeaban. Los ojos de Gabriel brillaban como el mar que estaba a su espalda. Una inmensa alegría la invadió al darse cuenta de que estaba a punto de casarse con el hombre al que adoraba.

–Venga, súbete al burro y vayamos a la iglesia.

–¿Estás seguro de que es una tradición? –protestó mirando recelosa al animal.

–Por supuesto.

El recorrido hasta la iglesia fue diferente a lo que habría sido en Sherdana, pero a su paso encontraron sonrisas y gritos de ánimo entre los presentes al atravesar el corazón del pueblo.

Cuando llegaron a la iglesia, Gabriel le presentó a su ama de llaves, Elena, que se llevó aparte a

179

Olivia para ayudarla a ponerse un sencillo vestido de novia por la rodilla y con un lazo en la cintura. Una nota de Noelle acompañaba el vestido explicándole que Libby había ido a verla unos días después de que ingresara en el hospital para decirle que Gabriel estaba planeando casarse con ella en una sencilla ceremonia en una isla y que quería un vestido para la ocasión.

Así que, a pesar de que no habían tenido contacto durante su estancia en el hospital, Gabriel no había aceptado que su compromiso hubiera terminado. Había seguido deseando que se convirtiera en su esposa, a pesar de que su familia y sus consejeros le habían animado a que pasara página.

Embargada por la felicidad, Olivia arrugó la nota contra su pecho y se quedó mirando su reflejo en el espejo. Aunque el diseño del vestido era mucho más sencillo que el que se hubiera puesto para casarse con Gabriel en Sherdana, era perfecto, al igual que el hombre que esperaba junto al altar para casarse con ella.

Gabriel no apartó la mirada al verla avanzar hacia él al son de la música de un violín. Cuando llegó a su lado, la tomó de la mano y Olivia se estremeció de la emoción. Elena y su marido fueron los únicos testigos. La iglesia vacía les dio la oportunidad de disfrutar de una ceremonia íntima y concentrarse el uno en el otro. Cuando volvieran a Sherdana ya lo celebrarían con sus familias y amigos.

Tras la ceremonia, salieron de la iglesia y se encontraron a un pequeño grupo de personas. Al parecer, Gabriel y sus hermanos eran muy queridos en la isla y, cuando corrió la voz de que había ido hasta allí para casarse, muchas acudieron a darle la enhorabuena.

Permanecieron un buen rato charlando con la gente hasta que Gabriel insistió en que había llegado el momento de irse a casa con su esposa.

—Tengo el coche por aquí —dijo él tomándola de la mano y separándose del grupo.

—Menos mal. Creí que ibas a subirme otra vez en el burro para llevarme a tu casa.

Gabriel rio.

—Le llevaría un buen rato llegar hasta allí, y estoy deseando tenerte para mí solo.

Una vez sentados en el coche, se volvió hacia ella y se quedó mirándola fijamente.

—¿Qué haces?

—Estoy disfrutando de nuestros primeros minutos como marido y mujer. No hemos tenido tiempo de estar juntos estas últimas semanas y cuando volvamos, tendremos un montón de actos públicos. Hasta entonces, quiero demostrarle a mi bonita esposa lo mucho que la quiero.

Olivia sonrió. Su sueño de convertirse en su esposa se había hecho realidad.

—Si estoy guapa, es gracias a Noelle. ¿De veras empezaste a planear esto mientras estaba en el hospital?

—Fue idea de tu secretaria. Sabe lo testaruda que eres y me propuso este plan de llevarte a un sitio exótico y casarme contigo.

—¿Libby?

—También se ocupó del vestido, de reservar la iglesia y de las flores.

—¿Stewart conocía el plan?

—Stewart es leal a Sherdana, Libby es leal a ti —dijo, y le dio un beso en los labios.

Durante el breve trayecto de tres kilómetros hasta la villa, Olivia no dejó de observar a su flamante marido. No volvería a poner en duda su determinación ni su lealtad hacia ella, había estado dispuesto a enfrentarse a su familia por ella. No podía pedir un mejor compañero.

Elena ya había llegado y estaba disponiendo la mesa para una cena romántica en la terraza con vistas al puerto. A petición de Olivia, Gabriel le enseñó la casa y terminaron el recorrido en el gran dormitorio que iban a compartir.

–¿Crees que la prensa nos buscará aquí?

–Siempre hemos sido muy discretos y la gente de la isla respeta nuestra intimidad –contestó, y la besó en el cuello–. Volvamos abajo y disfrutemos de nuestra primera cena como marido y mujer.

Regresaron al primer piso y aceptaron las copas de champán que Elena les ofrecía. Luego, les indicó que salieran a la terraza mientras ella se iba a por el primer plato.

Con la puesta de sol de fondo, la terraza estaba iluminada con velas blancas, creando un entorno romántico. Gabriel la acompañó hasta la mesa y la ayudó a sentarse antes de colocarse frente a ella.

–Por nuestro amor.

Olivia sonrió y unió su copa a la de él en un brindis. Después, dejó la copa en la mesa y le tomó la mano a Gabriel.

–Hace unas semanas, tu hermana me contó que nos conocíamos de antes. ¿Es eso cierto?

–Sí.

–No lo recuerdo. ¿Acaso éramos niños y por eso no me acuerdo?

–Fue hace siete años en una fiesta de máscaras. Teniendo en cuenta la reputación ·del anfitrión, me sorprendió descubrir que a la joven a la que rescaté no era otra que *lady* Olivia Darcy.

Gabriel había sido su salvador.

–¿Sabías quién era?

–No hasta que te fuiste y Christian me dijo a quién había besado –respondió acariciándole la mejilla–. Cuando te besé aquella noche, entre nosotros se estableció una corriente. No estaba listo para el matrimonio y tú eras demasiado joven, pero algo me dijo que eras la mujer con la que estaba destinado a casarme.

–Pero fue solo un beso y han pasado siete años.

Le costaba creer que aquel breve instante lo hubiera impactado tanto, aunque ¿acaso no había sentido ella también aquella magia? No había dejado de comparar aquel beso a los que habían llegado después.

–Entonces mi padre te propuso la idea de construir una planta en Sherdana.

–Cierto, aunque fue Christian el que me dio la idea. Mi hermano es muy listo en asuntos empresariales y tuvo el presentimiento de que me interesabas.

–Pero amabas a Marissa. Te habrías casado con ella si las leyes de Sherdana te lo hubieran permitido.

–Nunca quise casarme con Marissa. Mi relación con ella era mi manera de rebelarme contra el deber y la responsabilidad. Lo pasaba bien con ella, pero ahora sé que no la amaba, no de la manera en que te amo a ti.

Gabriel buscó sus labios y le dio un beso apasionado.

–No puedo creer todo lo que ha ocurrido hoy –murmuró–. Esta mañana me desperté optimista. Ahora estoy más feliz de lo que nunca me había imaginado.

Gabriel la premió con una sonrisa tierna.

–Mi intención es que esa sensación perdure para siempre.

Después de permanecer desaparecidos durante una semana, Gabriel había supuesto que la prensa se abalanzaría sobre ellos, pero no había imaginado encontrarse las calles de la capital atestadas de gente.

En la parte trasera de la limusina, Olivia saludaba a la multitud congregada como toda una princesa. Cuando el coche se detuvo ante el palacio, se notaba que estaba nerviosa.

–No nos van a colgar de la horca, ¿verdad?

–Han pasado más de trescientos años desde la última vez que un miembro de la familia real fue ejecutado.

–No me resulta tranquilizador.

–Todo va a salir bien –le aseguró con un apretón de manos.

–¿Desde cuándo eres tan optimista?

–Desde que me he casado contigo.

Un criado les abrió la puerta de la limusina. Olivia señaló con la cabeza hacia Christian, que los esperaba al pie de la escalera del palacio.

–No parece muy contento.

–Creo que se ha dado cuenta de la trampa en la que ha caído.

–Pareces estar disfrutando con todo esto.

–¿Tienes idea de la cantidad de informes que he tenido que leerme a lo largo de los años, sacrificando mi futura felicidad por el bien del país, mientras mis hermanos recorrían el mundo en pos de sus sueños?

–¿Cien?

–Y mil.

–Estoy segura de que no había tantas mujeres dispuestas a casarse contigo –bromeó Olivia.

–Uy, había muchas más, pero solo había una con la que quería casarme.

–Tienes mucha labia. Con razón me he enamorado de ti.

Christian le ofreció la mano a Olivia para ayudarla a salir del coche y la saludó con dos besos en las mejillas antes de estrecharle la mano a su hermano.

–¿Cómo marcha todo? –preguntó Gabriel sin soltar la mano de Olivia.

–Todo bien por Sherdana –contestó Christian.

–Me refiero a ti. ¿Ya te ha preparado mamá una lista de candidatas?

–Eres un canalla.

–Que no te oiga mamá llamarme eso. Pero ¿por qué te preocupas?

El siguiente en la línea de sucesión es Nic. La carga de engendrar un heredero recae primero en él.

–Esta vez mamá no quiere correr riesgos. Dice que ambos tenemos que casarnos.

–Estoy de acuerdo con ella. No hay nada como casarte con la mujer de tus sueños para conocer la felicidad completa.

Gabriel rio al ver el gesto de desagrado de Christian y siguió a Olivia hasta la escalera. Al entrar en la suite que iban a compartir, Olivia se acercó a él.

–¿No piensas decirle a tu hermano que existe la posibilidad de que tengamos hijos?

Gabriel cerró la puerta para preservar su intimidad y la tomó entre sus brazos.

–Creo que de momento deberíamos mantenerlo en secreto.

–¿Estás seguro? –dijo Olivia, y le acarició el pelo–. Si todo sale bien, tus hermanos se librarán.

–No hay por qué decir nada hasta que tengamos algo que comunicar.

–Podría llevar meses. Para entonces, podrían estar comprometidos e incluso casados.

–Convertirte en mi esposa es lo mejor que me ha podido pasar. Creo que mis hermanos se merecen pasar por lo mismo.

–¿Vas a obligarlos a buscar esposa para que se enamoren?

–Es un plan diabólico, ¿verdad?

–Te matarán cuando descubran la verdad.

–Creo que no –dijo, y con un beso evitó que dijera nada más–. Creo que me darán las gracias por convertirlos en el segundo y tercer hombres más felices de la tierra.

–¿Tú eres el primero? –preguntó arqueando una ceja.

Gabriel esbozó una amplia sonrisa.

–Por supuesto.

No te pierdas, *El amor y el deber,*
de Cat Schield,
el próximo libro de la serie
Príncipes herederos.
Aquí tienes un adelanto…

Por encima del sonido de la brisa que soplaba entre los cedros de las colinas de la isla, Nic Alessandro escuchó las pisadas sobre las baldosas y supo que no estaba solo en la terraza.

—Así que es aquí donde te escondes.

La voz de Brooke Davis era como su vodka favorito: intensa y suave, con un deje sensual. Y se le subía a la cabeza con la misma facilidad.

Con una bien merecida resaca, Nic se sobresaltó ante su inesperada llegada a la isla griega. Pero no podía alegrarse de verla. El futuro que en una ocasión había planeado compartir con ella era imposible. Su hermano mayor, Gabriel, se había casado con una mujer incapaz de tener hijos, lo que significaba que no engendraría varones que heredaran el trono de Sherdana, el país europeo que su familia llevaba gobernando cientos de años. Siendo el siguiente en la línea de sucesión, era obligación de Nic encontrar una esposa que las leyes del país aceptaran como futura madre de la línea dinástica. Brooke era americana y no cumplía los requisitos.

—¿Es esta la cabaña rústica de la que me hablaste? —preguntó—. ¿La que decías que no me iba a gustar porque no tenía agua corriente ni baño?

Nic detectó el nerviosismo que intentaba ocultar con aquel tono burlón. ¿Qué estaba haciendo allí? ¿La habría enviado su hermano Glen para convencerle de que volviera a California? No le cabía en la cabeza que hubiera sido decisión suya ir hasta allí después de cómo había puesto fin a lo suyo.

—Te imaginaba sufriendo en un tugurio en medio de la nada y, sin embargo, te encuentro disfrutando de una lujosa villa con vistas al puerto más bonito que he visto jamás.

La voz provenía de la zona de la terraza más cercana a la playa, así que debía de haber llegado en barco. No parecía haberle afectado la subida de los ciento cincuenta escalones. Le encantaba hacer ejercicio para mantenerse en forma.

¿En qué había estado pensando para rendirse a la poderosa atracción que le había estado ocultando durante cinco años? No debería haberse dado tanta prisa en asumir que su deber hacia Sherdana había concluido nada más comprometerse Gabriel con *lady* Olivia Darcy.

—Te estarás preguntando cómo he dado contigo.

Nic abrió los ojos y vio a Brooke paseando por la terraza. Llevaba una blusa blanca de algodón y unos vaqueros cortos desgastados con el bajo deshilachado. El pañuelo gris que llevaba alrededor del cuello era uno de sus favoritos.

Tocaba todo a su paso: el respaldo de la tumbona, el muro que limitaba la terraza, las macetas de barro con sus plantas... Nic sintió envidia de los pétalos fucsia de la buganvilla que estaba acariciando en aquel momento.

A aquella hora de la mañana, el sol daba por el otro lado de la villa, calentando el jardín delantero. De haber sido invierno, habría estado tomando café en el patio lateral, al sol. Pero a finales de julio, prefería la terraza trasera desde la que se disfrutaba de unas bonitas vistas sobre el pueblo de Kionio.

Bianca

Una pasión que Sienna jamás podría olvidar…

TRAS EL OLVIDO

MAYA BLAKE

Cuando Sienna, una mujer muy independiente, perdió la memoria, se vio transportada a las maravillosas noches pasadas con su exjefe, el poderoso empresario argentino Emiliano Castillo. Todavía no se había recuperado de la sorpresa causada por la noticia de que estaba embarazada cuando Emiliano la invitó a pasar unos días en una de sus islas.

Al darse cuenta de que Sienna no recordaba que habían roto su relación, Emiliano decidió asegurarse de que formaría parte de la vida de su hijo, ¡y de la de Sienna!, antes de que esta recuperase la memoria. ¿Iba a poder seducirla y convencerla de que su lugar estaba allí… en su cama?

Bianca

**Él solo había planeado protegerla,
pero su corazón tenía sus propios planes**

EN LA CAMA
DEL ITALIANO…

HEIDI RICE

La vulnerable Megan Whittaker recibió órdenes muy concretas por parte de su padre. Tenía que averiguar si el magnate Dario de Rossi planeaba absorber la empresa familiar. Tuvo que acceder muy a su pesar, pero lo que no esperaba era que la química entre ambos fuera tan fuerte que la empujara a terminar en la cama del italiano.

Dario planeaba efectivamente la absorción, pero, cuando Megan recibió un violento castigo por haber pasado la noche con el enemigo, se sintió obligado a protegerla. Se marcharon a Italia, donde el indomable empresario descubrió un problema mucho más grave. Megan no solo sufría amnesia, lo que significaba que creía que los dos estaban prometidos y profundamente enamorados, sino que también se había quedado embarazada…

¡YA EN TU PUNTO DE VENTA!

*En poco tiempo deseó lo que nunca
había querido: una familia*

PADRE A LA FUERZA
MAUREEN CHILD

Reed Hudson, abogado matrimonialista, sabía que los finales
felices no existían, pero la belleza pelirroja que entró en su despacho con una niña en brazos le puso a prueba.

Lilah Strong tuvo que entregarle a la hija de su amiga fallecida
a un hombre que se ganaba la vida rompiendo familias. Reed le
pidió que se quedase para cuidar temporalmente de su sobrina.
La elegante habitación del hotel en la que Reed vivía estaba a
años luz de la cabaña que Lilah tenía en las montañas.

¿Cómo terminaría la irresistible atracción que había entre ellos,
en desastre o en una relación?